故事 / 小小说 / 寓言 / 童话 / 散文 / 诗词

一米微文学

宋传涛◎著

北方文艺出版社

·哈尔滨·

**图书在版编目（ＣＩＰ）数据**

一米微文学 / 宋传涛著 . -- 哈尔滨：北方文艺出
版社, 2023.3
ISBN 978-7-5317-5789-4

Ⅰ.①一… Ⅱ.①宋… Ⅲ.①中国文学－当代文学－
作品综合集 Ⅳ.① I217.2

中国国家版本馆 CIP 数据核字 (2023) 第 022458 号

一 米 微 文 学
YIMI WEIWENXUE

作　　者 / 宋传涛
责任编辑 / 富翔强　宋雪微　　　　　　装帧设计 / 树上微出版

出版发行 / 北方文艺出版社　　　　　　邮　　编 / 150008
发行电话 / ( 0451 ) 86825533　　　　　经　　销 / 新华书店
地　　址 / 哈尔滨市南岗区宣庆小区 1 号楼　网　　址 / www.bfwy.com

印　　刷 / 武汉市籍缘印刷厂　　　　　　开　　本 / 880×1230　1/32
字　　数 / 50 千　　　　　　　　　　　印　　张 / 4.25
版　　次 / 2023 年 3 月第 1 版　　　　　印　　次 / 2023 年 3 月第 1 次印刷

书　　号 / ISBN 978-7-5317-5789-4　　　定　　价 / 58.00 元

# C目录
## ontents

# 中华鲟之殇

我是一条自由自在的鱼儿，准确地说，我是一条中华鲟。

我在这里絮絮叨叨，是想讲述我的一生……

我记得我刚出生的时候就受到特殊的待遇 —— 因为我们的族类越来越少了。要知道，我们以前可是一个大家族呢！上可现于江淮黄河，乱石湍流之间；下可现于九幽辽海，江潭大洋深处。可是现在，我们却有亡种灭族之险！还有，听说我刚出生的时候好危险呢！当时，有一股莫名的油污从我家的上方漂过，甚至，还有一罐没喝完的可乐丢在了我家的上方。听我的爸爸说当时砸起的那个水花啊，他感觉比起大海里的巨浪还要大呢！而每每说起这个事的时候，妈妈总是在一旁笑而不语。然后，爸爸和爷爷还会跟我说许多大海里的故事和知识，我可爱听了。

当我很饿的时候，爸爸妈妈还会去很远的地方给我抓一些小鱼小虾来吃。听我的爷爷说，以前的小鱼小虾又肥又多，甚至都不用去抓，有的时候，它们会主动地游到你的嘴前，而不是像现在一样食物匮乏。每次听爷爷这么说，我都会呵呵地笑，心里想：哪有的事啊？小鱼小虾可一点都不笨呢！不过想一想主动送到嘴边的小龙虾，倒是挺有趣的。

听了许多关于大海的故事，以至于我是如此向往一望无际的大海——大海里有美丽的珊瑚礁，五彩的贝壳，八个触手的章鱼，还有会唱歌跳舞的海豚……

依稀记得，到达大海的前一天是个晴天。那时，我们全家都聚在一起。我知道有什么事情要发生，因为我从他们的眼中看到了一种奇异的光！"是时候了！"没有太多的言语。不知道为什么，我至今都觉得当时听到那句话和看到大海的感觉一模一样。

在大海里，我交了很多朋友——慢吞吞的海龟、温柔的水母、暴躁的海狮……但记忆中挥之不去的却是一条鱼——一条美丽的罗非鱼。她长得很漂亮，温文尔雅，对我的絮絮叨叨全无厌烦，总能保持倾听。我实在太喜欢她了！我总喜欢和她一起玩游戏。甚至有时候，她身处罗非鱼群中，我一眼就能找到她！要知道罗非鱼聚集时，一般都是成百上千条！要命的是——他们几乎一模一样！可是，我还是能一眼就找到她！懵懂无知的我从一开始就错误地认为，我将来娶的鱼就是她！

可是，我们真的好久不见了，也许是都需要去寻找食物吧！

唉！食物匮乏真的是一个永久的命题。要知道，海洋虽然广袤，可是，永远也没有现成的食物摆在你的面前。"今天没有吃的，明天没有吃的，后天也许有吃的。也总有老弱病残的鱼沦为其他鱼的腹中美餐。"——这就是残酷的海洋法则。

那一天，从一开始就不是一个好日子——风云变色，巨浪滔天，万物蛰伏。

即便在这种天气下，我们依然决定出去找些吃的，试着碰一下运气。我们游过一艘远洋巨轮，说是巨轮，但也只是相对来说。在天地之威面前，巨轮渺小得就像是一只漂浮在湖水中的蚂蚁。巨轮在大洋中跌宕起伏，吱嘎作响，颠簸不休。一个像小山一样的巨浪涌来，于是，甲板破碎，桅杆断裂，船体倾覆。不时有人，还有各种物体坠入水中。但一切之后，又迅速地消失在茫茫波涛之中，或沉于幽幽海底，不知所踪。留下的，只有一声叹息。

当时，我们仍然想努力地在汹涌的波涛中找一些吃的，比如面包屑。突然，有一个亮光一闪的物体落入水中。当时隔了老远，一开始，我们还以为是什么吃的，奋力游了过去。有那么一瞬间，我的呼吸都快停止了！那光影，分明是我许久未见的朋友——罗非鱼！可是，总有什么感觉不对！在这个天气，这个场景。

那是一个类似于瓶子的东西。我们姑且称之为瓶子吧！为什么我会感觉不对呢？因为我的罗非鱼朋友一动不动，还有她的眼神，为什么会黯淡无光？我好想去触摸一下她，问一问她到底怎么了，可是，不管怎么样，我就是触摸不到她！

一种类似于玻璃的介质阻隔在我和她之间。而她看上去是那么安静。

水流可真急呀。

而这种瓶子，我们见过。我们的海豚朋友，有时会用头顶着这个漂浮在海面上的东西，然后高高地跃出水面。可是，不对啊！你为什么在海豚的玩具中？你快出来！这是海豚的玩具！还有，你在飞速地下沉！我拼了命地想抓住你，可我真的做不到。而当我拖住你的时候，我又看不到你了！即便有家人的帮助，你还是在以肉眼可见的速度下沉……

随后几天，我们全家都处在一种莫名的氛围之中。就好像风暴一直未曾离去。而风暴那天，我们全家几乎都没吃什么东西，这很要命！要知道这也许是几天内唯一进食的机会。饥饿和忧伤这两个魔鬼如影随形。

运气糟透了。一连几天，我们都没找到什么吃的。可是，生活还要继续，我们还是得继续去寻找吃的。还别说，就在我们快失望透顶的时候，我们顺着水流，闻到了一股食物的香气！

于是，我们追寻香味，逆流而上。

而在香气的尽头，赫然是一艘船——一艘完整的船，静静地泊在水面之上。可是当我们走到跟前，我们却绝望地发现，食物的终端连接的是一个又一个钓钩！

我们顿时不知所措。这时，一个魔鬼跳了出来——那是欲望！那一刻，被阳光晒得温暖的海水，仿佛也透着一股寒冷。风浪休止，却胜过波浪滔天……

一转眼，我的身边只剩下了我和爷爷。我更加不知所措。爷爷却一直很平静。"是啊，他们是太累太饿了，我想我也该去了，我的孩子。我给你上过很多课，这最后的一课，就是钓钩。反正我也没有力气游回去了，也许这样，我还能吃饱。"爷爷刚说完，也消失不见了。

我们其实都知道钓钩的危险，在我们鲟鱼的传说中——"钓钩的那头，连接的是九幽的恶魔"。而爷爷在最后，是想用生命去阻止我。

我围着钓钩找啊，找啊，想把他们都找出来，我停了下来，注视着钓钩。钓钩在太阳的光线下特别柔和，对于钓钩上的食物，说真的，我一点都不渴望！

爸爸、妈妈，还有爷爷，你们知道吗？现在就只剩下我一个人，我的周围，尽是大海深处传来的回响。大海是这么大啊！可是只有你们才是我的亲人！

我做了一个决定。

我决定去找他们。

哪怕钓钩的那头，是地狱。

一阵剧痛从嘴上传来，还没有享受到食物滑过肠胃的感觉呢！"妈妈啊！鱼钩钩得我的嘴真疼！还有阳光真刺眼！"

不过，我终于看到了我的爸爸、妈妈，还有爷爷！并且和他们依偎在一起！那种感觉，真好！

# 浪子

　　小平头，是一个地地道道的偷儿。准确地说，是一个行家里手，不光在公交车上手到擒来，入室开锁，翻墙入院也是一把好手 —— 说到翻墙入院，你别看小平头个头不高，可是身体厚实，两条腿上尽是些腱子肉，爬个下水道跟玩儿似的。一百米、五百米的短跑，少有人追得上他。

　　如果说小平头偷窃摸扒的技术炉火纯青，那么小平头那一身铁打似的身板就是后天努力的结果，估摸着早前也是被揍了几回，再加上经常攀爬，造就一副好身板。

　　大约是好吃懒做惯了，再加上小平头的空空妙手，小平头对找工作，那可是不屑一顾的。

　　俗话说，江山易改，本性难移。对于小平头来说，那就是一日不偷，顿觉技痒。去个超市，偷个针头线脑；去趟餐馆，摸个杯杯碟碟；去个工地没啥偷的，也要顺块砖头回来，小平头也曾经想改行，但每次都不了了之，就像想戒烟的人，真正做到的没几个。

真正使小平头转了性子的，是一次意外事件。

一次，小平头日常踩点。那是一个高档小区，大概是人们日常走路都习惯低着头，谁也没有抬着头看谁家的窗户有没有关好的习惯。谁也没有发现小区里面一栋七层的建筑出了点问题，四楼的窗户呼呼地往外冒着浓烟，着火了！当然，小平头第一个发现了。

在这种情况下，我们的小平头没有藏私，不仅大声呼喊，还在第一时间通知了保安。保安第一时间通知了楼上的住户，撤出了楼上和楼下的大部分住户，但不巧的是，随着火越烧越大，还是有一个保安、一位母亲和她的孩子被困在了楼上。他们没有办法，退到了天台上，等待着救援。

楼下的人也越聚越多，有不少好心的居民拿来了被子、绳子、床单以备不时之需。

不知道为什么，火势凶猛，消防车又迟迟没有到来，估摸着车程太远，但楼上的保安和母子二人显然过于激动，都在考虑跳楼了！

楼下的人已经在考虑用被子接他们了！

这时候，小平头也在人群里，他本来是和大多数人一样，是看热闹的。但出乎意料的是，火势越来越猛，还有人有着性命之忧！

小平头一看，也急了，毕竟人命关天，看到有几个居民拿来了不少绳子，有几根还挺结实，小平头匆匆地看了一下地势，顺手挑了几根绳子，一个箭步奔到火势弱的另一侧，

来到了排水管旁，把绳子往腰间一系，又往手上吐了两口唾沫。小平头两手扶着排水管，脚下暗劲一生，猛地一跺脚。只见小平头如出笼猛虎、脱逃之猴，如履平地，几个起落便到了楼顶。

初到楼顶，只见浓烟滚滚，微风拂过，方见人影，小平头立马招呼保安，急急地绑牢绳子，把绳子的另一头往楼下一丢，不过考虑到孩子太小，攀爬危险，又三下并做两下拉起绳子，把小孩子的腰一绑，先把孩子送下去了。当孩子安全了，拉起绳子的时候，那个女人，也就是孩子的母亲也不行了，晕倒了。无奈之下，小平头和保安又急忙用绳子绑好女人，二人合力把女人送了下去，只是当绳子再一次拉起来的时候，小平头和保安都吸了不少的烟，保安的情况更糟，都快站不住了！

小平头知道，再也没有力气送保安下去了，一发狠，对保安说道："兄弟！我跟你差不多，要想活命，赶紧，自己顺着绳子爬下去！"

大概是听到了小平头的这句话，保安精神一振，顺着绳子自己下去了。这时，火势更猛了，小平头甚至有一种错觉，火已经烧到了他的后背！不过一点时间都没有了，往后看，又或者说去找排水管，紧跟在保安的后头，往下溜。

不过保安溜到二楼半的时候，体力不支，掉下去了，好在被楼下的群众用一块大床单接了个正着。要知道，即使是二楼半，保安的下坠之力也是很猛的。底下拉床单的人们还是略微有点混乱，在上面的小平头倒还抓得住绳子，不过小平头倒还四平八稳，像个猴儿一样，消防车这时也马上到了，照理来说小平头应当一点事情都没有了，可是，坏就坏在消防车的警报上面。

小平头吸了几口浓烟，刚才只顾着救人，也被熏了个晕头晕脑，大约消防车也是刚到，拉了警报，小平头怎么听都像是 110 警车的声音，以为是来抓自己的，一着急，没抓稳，也掉了下去。

保安前脚才被床单安全接走，后面再去接的群众还准备好呢，总之，小平头完全没有保安落在床单上的运气，也没落在下面的铺垫上，结结实实地摔在了水泥地上，听落地的声音，就知道骨头当时就断了好几根。

小平头醒来的时候已经做完了手术，他躺在洁白的病床上，周围围满了记者，还有各种闪光灯，为他们的英雄拍照呢！不过，这位"英雄"，本能地想挡住那些刺眼的灯光，这时他才发现，自己的右手和左腿都动不了，被打上了石膏，胸口也是闷闷的。后来他才知道，他不仅鼻子歪了，肋骨也断了三根，其中还有一根差点插到肺里！也就恍惚了那么一会儿，小平头陷入昏迷，也知道自己成了英雄。有那么一段时间，他甚至认为即使再断几根骨头也是值得的！

一时间，闻讯赶来看望他的人络绎不绝，当然也包括那个和他一起救人的保安。不过，那个保安远没有小平头的那种待遇，保安还没和小平头说上几句话，就被人们挤出了病

房。后面的人们显然也没说上几句亲热话，就被护士统统请出了高级单人病房。

这样的日子大约持续了一个礼拜，来看望他的人才少了一些。在那一个礼拜的时间里，鲜花把房间都堆满了，连过道都放了不少。

直到有一天，有一个衣着朴素的老太太来看他，她就是那个被救女人的亲妈、那个孩子的奶奶。

老太太的方言很重，她说了一些话，小平头并不能都听懂，但大约能明白。老太太的意思大概是，水果是提前买好的，但是准备好补偿给他的一大笔钱在半路上被偷了，只好等下次再来看望他的时候补偿了。

没人知道小平头当时心里是怎么想的，但事实是，从那以后，小平头再也没有拿过别人家半个子儿。

就在老太太颤巍巍地迈出病房的那一刻，这个世界上少了一个坏人，多了一个好人。

# 《项链》续写

"唉！可怜的玛蒂尔德，我那一串项链是假的，顶多值五百法郎……"

我们的玛蒂尔德太太，听了弗莱斯杰太太的话后顿时惊呆了。

她甚至都不知道自己是怎么回的家，她只知道当时跟跄了一下。还好我们的弗莱斯杰太太扶住了她，她反常的举动差点吓坏了弗莱斯杰太太那个白白胖胖的儿子。最后，弗莱斯杰太太还对她说了很多话，不过她一句话都没有记住。

在家里，她木然地坐在破旧的沙发上，直到一阵电话声把她从各种纷乱的思绪中拉了回来，她抓起茶几上的杯子，喝了一大口水，才觉得略微好些，她拿起电话，是弗莱斯杰太太的声音："哦，亲爱的玛蒂尔德，真是对不住了，我和我先生也说了，他也被你的诚信感动了，那串项链我从那以后就根本没有戴过。我们决定还给你！玛蒂尔德你看上去老了那么多……"

当听到弗莱斯杰太太这样说的时候，她感动极了。

接完电话，她高兴坏了，简直是眉开眼笑！她不经意走到镜子前，擦了擦镜子，她觉得她是自信的，她甚至觉得她没有弗莱斯杰太太所说的那么苍老，而那种过人的品德在她的身上发出一种逾越所有光芒的气质。

第二天，她和她的先生起了一个大早，来到了弗莱斯杰太太的家中。玛蒂尔德的先生显然是高兴坏了，穿着燕尾服，把自己打扮得像一个绅士。

简单地寒暄过后，弗莱斯杰太太带着玛蒂尔德径直走向卧室，两位先生继续有一句没一句地闲聊着，直到弗莱斯杰太太在卧室里说了一句足以让他们坐不住的话："快来一下，我找不到那串项链了！"

两位先生和两位太太一顿好找，但还是没找着。

弗莱斯杰太太喃喃地说："前不久我还见了，最近仆人回了家，又不可能有小偷，一定还在！"

又找了一会儿，还是弗莱斯杰的先生说："家里的家具太多太乱了，我们往外搬一些吧！"

接着，搬运工作开始了，玛蒂尔德的先生可累坏了，他满头大汗，燕尾服上的蝴蝶结都歪歪扭扭。弗莱斯杰太太楼上的邻居开始还错误地认为弗莱斯杰太太要搬家！

最后，在一个不起眼的角落，终于找到了。弗莱斯杰太太拿起项链，对着他的先生说："哎呀！看你宝贝儿子干的好事！"

"这么漂亮的项链，我竟然以为是假的，都没有去戴它！"

这串昂贵的项链，由于珠宝公司制作成本高，根本没有生产几串。玛蒂尔德太太的这串，由于没有佩戴，保存完好，后来在拍卖行里拍卖出了一个让弗莱斯杰太太都吃惊的价格。

我们的玛蒂尔德太太终于过上了她梦寐以求的生活。

# 家书

我还是一个学生，居住在贫瘠偏僻的五峰土家族长乐坪边陲。就算是在 21 世纪，这里也还无法做到手机信号的全方位覆盖。

而写信还是我们主要的通信手段之一。

因家里贫困，学校离家远，我选择了寄宿，半年才回一次家。

由于在学校里待久了，我分外想家。于是，我决定写一封信。

思家心切，信很快就写好了。在信里，我写了"我一切都好，勿念云云"。就在我到邮局装上信封准备寄出去的时候，我不经意想起去年暑假姐姐写的一封信……

去年暑假，我刚放暑假回家，当时，在上海打工的姐姐写了一封信回家。听说妈妈写好了回信，我想检查一下，想看一下有没有错别字什么的。由于母亲的文化程度不高，所以字很是潦草。就在我看信的时候，父亲在一旁说话了："昨天干了一天的活，你妈的文化水平不高，认得的字又不多，有时认识的也写不出来，还老是来问我。一直写到半夜，唉！害得我也没有睡好觉。叫她等你回来再写，她又偏不。"

我当时愣住了，干了一天的活，又写信到半夜，自是极疲惫的。也许是我刚回家，但我从母亲的脸上看到的，更多的是欣喜的神色。

写给姐姐的回信很快就改好了，就在我准备自告奋勇去寄信的时候，母亲考虑到我刚回家，还要复习什么的，父亲还要干活，还怕我们万一弄丢，就没让我和父亲去。

去邮局的路有十多里远，望着母亲渐渐远去的瘦小背影，泪水模糊了我的双眼。依稀中，我仿佛看到母亲为了我和姐姐，操劳半生，变得两鬓斑白；仿佛看到了父亲为了我和姐姐，总是忙碌不休的身影……

在邮局里，我终没有将这封写给家人的信寄回去。

转而是我回来后给一个老乡写了一封信。

不知道他回信时，句句可否是乡音？

## 最好的玩具

小布是一个小孩子，他有很多很多的玩具，比如玩具恐龙、玩具车、贴纸、小铁锹、水枪、风筝、布娃娃，等等。

有一天晚上，小布做了一个梦，梦见了布娃娃会动，它在一个黑暗的角落里哭泣，因为它的小主人把它给弄丢了。小布想去把布娃娃捡起来，可是布娃娃边哭边寻找它的主人，走着走着就不见了。小布接着又做了许多其他的梦，但醒来的时候都不记得了，只记得一个哭泣的布娃娃。

他醒来就决定挑选一个最好的玩具来玩，不过他要先找到那个梦里的布娃娃。可小布在抽屉里、玩具箱里都没有找到它，虽然布娃娃不是他最喜欢的玩具，但他还是决定把它找出来。

他首先去了屋外的沙地，他在那里发现了他遗忘的玩具车和小铁锹，他准备把它们带回去放在玩具箱里，因为他特别喜欢玩具车、小铁锹这两个玩具，他怕它们丢了后他再也找不到了。

最好的玩具

当他路过屋子边的小水池的时候，他又发现了他的水枪，那是他上次和朋友们玩游戏时遗忘在那儿的，这也是他最喜欢的玩具之一，他顺路把玩具水枪也带了回去。

小布回到了家里，他把找到的玩具车、小铁锹、玩具水枪放在了玩具箱里，他没有找到布娃娃，他决定在屋子里好好找找，果然，他在沙发下面找到了布娃娃，不光找到了布娃娃，他还找到了落在房间里的其他小玩具。他把它们都放到了玩具箱里。

这时妈妈回来了，看到小布把玩具都收拾到了玩具箱里，夸奖了小布。

小布觉得他找到了一个最好的玩具，那就是妈妈的夸奖。

## 出游记一

今天是礼拜天，幼儿园是没有课的，而我也难得地清闲了下来。

窗外一连下了好几天的春雨。虽是晚春，但雨像绢丝一样，又轻又细，淅淅沥沥，密密织织，轻轻滋润着大地和人心。几场春雨之后，树显得苍翠，山也显得愈发青了，水愈发绿了，山下那条汩汩流动的溪水，也愈发显得湍急秀丽起来。

大早上雨也未曾有停歇的意思，雨确实不大，滴滴答答的，不像是在下雨，倒像是在下雾，眼前的世界被封锁在密如蛛网的雨丝中。往远处看去，街道、楼房、行人，都只剩下了一个有些模糊的轮廓。

想着这雨一时半会儿停不下来，我原本打算利用周末带着孩子去郊游，现在只得为这个计划泡汤感到惋惜。没想到天公作美，中午刚过，雨便停了。这春天里的太阳像个大姑娘似的，娇羞地露着半个红彤彤的脸蛋向我微笑。过了一会儿，太阳出现了，光芒四射，把金色的光辉洒向人间。霎时间，大地充满了光明、温暖。春天的阳光洒在人身上，暖洋洋的，像慈母的温暖、亲切。伴着窗外小鸟的欢唱，我们匆匆地吃了午饭，便去踏春。还有什么事是和孩子一起踏春、赏春更惬意的呢？

恰逢周末，和孩子一出门时，路上已经有了许多的行人，几个年轻英俊的小伙子行在一起，几个叽叽喳喳的小姑娘凑在一块，也有年老的夫妇，还有像我一样带着孩子出来的父母。但无一例外，都是不紧不慢地，行走在明媚的春光里。

小孩子也显得极为高兴，蹦蹦跳跳地跑在我的前面，是少年孩童的心性，和我不慌不忙的赶路相比，小孩子有着无穷的精力和热情。再说了，也不用我仔细地去观察春天，有人做我的手，有人做我的眼呢——孩子把他能找到的每一片叶子，每一朵能够够到的花儿一一指给我看。"妈，你看这是什么？""这是小草的叶子！""妈，这是什么？""这是蒲公英的花骨朵儿，还没有开花呢。""妈，这是什么？""这是柳树。""妈，这又是什么？""这是牵牛花，也叫喇叭花，打破碗碗花。""为什么叫作打破碗碗花呢？"

"天哪！"我心里对自己说道。他简直对这个世界的每一个角落、每一个问题都好奇，他把他的妈妈当作超人、博学的博士。我哪里知道喇叭花为什么叫作打破碗碗花？我开始后悔告诉他这个花的别名了。我努力地回忆着小学里的一篇关于打破碗碗花的文章，可是怎么也想不起来了。

既然想不起来，只好瞎编乱造："只要有一个小朋友打破

一个碗，它就会开一朵花。"

"那边开了好多的打破碗碗花呢！"

"那说明有许多的小朋友打破过碗，你前不久就摔了一个。"

他捡起花瓣，费了半天的工夫，又把它们一股脑抛向空中。有时候，他还会去追逐蝴蝶。天哪！精力无比惊人。

到了公园空地上，我们看到有许多人在放风筝，他当然是想放啦，从他看到风筝的第一眼我就知道。买完风筝，虽然他放风筝的技术不怎么好，中间来来回回跑了好几次，跌跌撞撞的，好在最后风筝飞起来了。

放完风筝我有点累了，他也是，于是往回赶，他有点儿走不动了，终于松弛了下来。"没事，妈妈背你。"

晚上，他睡得比以往要早些，可能是白天玩得比较累的缘故。我想起了白天的事，打开电脑准备搜索一下打破碗碗花的典故，然后写写文案。他刚睡着的时候，还发出"咯咯咯"的笑声，孩子，你是梦到了什么？还是追到了美丽的蝴蝶？或者你还是那个一直在追逐着风筝奔跑的孩子？总而言之，你梦里的笑声真甜，一直甜到了我的心里。

孩子，愿你做一个好梦，一直到天明。

而那个打破碗碗花的另一个故事，明天说给你听。

## 出游记二

今天是礼拜一。

由于昨天睡得比较晚，早上闹钟响的时候我还是比较困，当真印证了"春困秋乏"这句俚语。我打了个哈欠，伸了一个懒腰，按了闹钟，准备起来了，误了送本班明去幼儿园便不好了。本班明还在熟睡中，他老是这个样子，要妈妈叫他起床，每次他的脸上都是写满了一百个不情愿的样子，一点面子都不给，要一顿好哄，起床气很重的样子。

刚把本班明叫醒，手机响了，我看了看，是出差中的老本打电话过来。

"哦！亲爱的，告诉你一个好消息，我们这里的事情干完了，要提前回家，大概今天晚上回家。"老本知道本班明这个时间起床，我想他是故意挑选这个时间打电话。

"哦。"我淡淡地回应道，脸上却有着一股不为人察觉的小确幸。

"本班明还听话吗？"

"还好吧，本班明，快来听听爸爸的声音。"

小家伙立马来了精神，脆生生地对着手机大声叫道："爸爸！爸爸！"

老本不知道在电话里说了些什么，我只看见本班明一直在那里点头，只偶尔插上几句，有些让人摸不着头脑。起床气当然一扫而空啦。

我看聊得差不多了，便把电话拿过来，电话里老本一本正经地对我说道："你可别把本班明宠上了天，男孩子就是要多吃些苦头。"

我在想，这有点儿莫名其妙啊，老本接着说道："你会放风筝？"

直到这时我才知道了一点点眉目。老本就是这样，他说起话来滔滔不绝："写得还像那么一回事，就是觉得你那个放风筝的描写太少了。"

我愕然了，真是的，写在评论区就好了嘛，这点破事干吗在电话里说？我给了他一个白眼，虽然他看不到。我没好气地说道："那你来写啊！"

老本说道："我哪有时间，回来那么几天，文章好久没写了，怕写不好，特别是开头。"

我漫不经心地说道："这都不是难事，我来给你写开头。"

没想到老本说道："好。"

老本就是这样的一个人，不会伪装，直言欢喜。

又随便聊了会儿，我便匆忙挂了电话，除了本班明还不会穿衣穿鞋，还有很重要的一点就是需要督促着他吃早餐，差不多每天都是这样子的，以后必须要想点办法。时间上也显得很紧，送完本班明上幼儿园，我也马上要到上班的时间。

上班的时候，我接到了一条老本的微信："今天我去幼儿园接本班明，一直以来，辛苦你了。"

看了老本的微信消息，我才发现我的生活是如此忙碌。在工作和本班明之间两点一线，虽然为之忙碌，我却乐在其中。

我记得我以前可不是这个样子的，以前的我，做事毛毛躁躁，对待任何事情永远保持不了热情，只有三分钟的热度。

那么究竟是什么原因使我有了很大的改变呢？我想只有一个原因，那就是本班明。

最起码的一个耐心是需要十月怀胎。

分娩的阵痛，还有本班明不会说话时的咿呀学语，总是哭呀哭的，消磨着你所有的任性和天真。而看着他一天天地长大，即使调皮捣蛋里面也充满了足够多的喜悦和欢乐，也足以冲淡所有的疲惫和不快。

到了下班的时间，我径直向家里赶去，到了楼底下，发现家里客厅的灯已经被打开了，把平时黑乎乎的阳台都映得明亮，这说明家里有人。这是平时难得看到的，平时都是我接完本班明一起回家，然后才开灯的。

客厅的灯光透过阳台射出来的光线显得格外的温馨和柔和，我甚至觉得，它像一座灯塔，能一直照耀到很远很远的地方。

## 小贩

　　我刚搬进的小区是一个破落的小区，经常有各种各样的小贩进出其中。

　　在我搬过来的时候，就有好心的阿姨跟我说：哪个小菜贩的菜可买不得；某某的菜不新鲜，缺斤短两，脾气还不好。言下之意怕我这个戴着眼镜，斯斯文文，瘦得像个猴的邻居吃亏。

　　这不，有一天，我去买菜，又懒得跑去很远的菜场，于是决定试一试。

　　某某是一个典型的北方大汉，高大壮实，皮肤黝黑。

　　他的菜确实不好，残次品还多，我有点不想买，但是我挑挑拣拣了半天，心里矛盾了起来。再去看那小贩，不由得有点后怕，只觉得他有着一副凶神恶煞的面容。

　　我简直就不知道该怎么办了。

　　好在，我在深吸了一口气之后，有了办法。

　　我鼓足了勇气，做了一个砍价的决定，把以前的价格推翻。"你的菜，不新鲜……"

我当时说了一个我自己都觉得离谱的价格。结果呢，他居然用一种奇怪的眼神看着我，那眼神仿佛觉得我和他不是一个世界的人，他也是气冲冲的。还好，他只是开着他的三轮车就那么走了。

再后来，我也没买他的菜，直到那年的冬天，下了很大的雪，我的爱人不小心摔了一跤，并且流了很多血！

在楼下，好几辆出租车都不愿意载，怕出问题，平时我买菜的那些小贩也顾虑着天气、安全和生意，打了120后，就忙着各自的生意去了。

也只有他二话没说，把车上的菜往地上一扔，还把身上的大衣脱下来，铺在车厢里……

再后来，他的菜，在小区里总是第一个卖完。

# 野菜

　　这几日，我打扫卫生，翻出了一张老照片，是老家老宅的，不由想了很多。老房子早已换了主人，想必也建了新居，再也不复照片上的样子了。

　　想想以前，还真是吃过不少苦。

　　那个时候，没有什么化肥，最多也就是用火烧一些树木的枝枝叶叶，集一点草木灰做钾肥。

　　至于农药，基本就没用过。菜园里的菜，虫子吃不完的，就是你的。放到现在，那菜场垃圾堆里的，最后小贩卖剩下的、扔掉的菜的品相，说实话，也比那时从园子里摘的要好些。反正虫子啃得大洞小洞的，有时候，马马虎虎地清洗，连虫子也跟着下锅了。看见了，也舍不得扔，就当没看见，稀里糊涂地吃下去了。

　　就这样，还是饿，家里孩子多的，只要会走路的，也算是半个劳动力，不是放羊，就是去找野菜。

　　什么婆婆丁、猫耳菜、香椿、车前草、榆钱、鱼腥草，等等。都是些野东西，也基本上没什么好味。不像现在，有的野菜被做成了凉菜，或就着猪肉小炒，也摆上了各种高级餐厅的台面。

就在前不久某天晚上，我从公园里跳完广场舞回来，路过一棵榆树，摘了片叶子放到嘴里，也尽是些灰尘的味道，不由得想念老家的山清水秀和那些花花草草的味道了。

回老家肯定是回不去了，房子早已经卖了。不说别的，单是百十公里的颠簸，一把老骨头就吃不消，但我心里对那些蕨菜的味道的渴望，还是十分强烈的，于是只好跑到蔬菜批发市场，试图能买点解解馋。

市场上只有简单的几种，像香椿什么的，价格也是贵得惊人，更别提其他几种难吃的野菜了。

从菜场回来，我将老照片仔细地收好。

其实刚到菜场时，我就已经明白，那种味道，这辈子，再也找不到了。

# 记忆中的松树

我相信全中国以"大松树"为地名的地方有很多,可是在湖北省宜昌市境内,就只有五峰县的"大松树",且只此一家。

以前生活在"大松树"这个地方的老人都知道,在长乐坪351国道,白岩坪的出村口,是有一棵参天的大松树的。

大松树被当作地名以前,还真是坐实了"大松树"这个名头的。

在这里并不是说这棵松树有多大,但事实上,这棵松树不仅长得高大,而且奇,有估摸着三个成年人合围的树干,关键是这棵松树从根部开始就长得歪歪扭扭,加上又高又大,盘旋着直入云霄,像极了一个放大版的盆景。

几十年前,也有不少人慕名前来观看合影。在"大松树"当地,这棵松树有着堪比黄山迎客松的人气。一棵松树做到这个程度,全宜昌境内,可以说仅此一家。

那个时候,我还在读小学,在小学的门口也有一棵大松树,长得也是高高大大,比国道旁的那棵松树要小些,不过这棵树笔直笔直的。从远处看像极了一把巨大的墨绿色的雨伞，有着大大的华盖。我小时候总是把这棵松树形容为雨伞。

而这棵松树也给一代人留下了诸多的记忆。每逢下小雨的时候，这棵松树就真的像一把雨伞一样，很多的小孩子从操场上汇集过来，在树下，继续玩跳皮筋、"跳房子""抓石头"一类的小游戏，当雨下得大了，里面才能落下一星半点，学生才会陆陆续续地散去。只不过，这把"雨伞"，天晴下雨都没有收过。这棵松树也不知道庇佑了多少孩子，见证了多少玩着泥巴的孩子长成翩翩少年，从翩翩少年成长为中年人，又从中年人成长为白白鬓发的暮年。

这棵笔直的松树在很多年内得益于学校的庇护，在一段相当长的时间里没有被当作木材锯掉，也算是幸运的。犹记得当年年幼的我摸着它那粗糙硬实的树皮，还这样想过：这棵树听了多少老师的讲课声和学生的读书声，经历了无数的岁月，是否因为其具有了灵智，才使得它没有被砍掉呢？

然而国道旁的那棵"盆景巨松"在一次风雨中轰然倒塌。千百年岁月，早已侵蚀了它的树心，支撑不了它原本并不端庄的树干。留给一代人的，除了那遥远的记忆以外，只剩下一个地名。而学校旁的那棵树，记得的人就更少了，在学校被拆除以后，也被砍掉了，两棵树像是约好了，在历史的某一个阶段，不约而同地走向了共同的结局。

## 不是大学的大学生活

我实话实说，我没有上过大学，严格说来，我只上过一个月的大学，也就是说，我在大学宿舍只生活了一个月，或者严谨说来，是 31 天。

我敢确定，是因为我掰着手指头一天一天地数过。

而现在，我只是一名长江大学宿舍管理员（以下长江大学简称"长大"）。

而成为宿舍管理员更多是因为"长大"一直都是一个我魂牵梦萦、无数次在梦里都想到达的地方。哪怕是宿管，大学宿舍——也是贴近大学最柔软的腹地，去安静地守护，陪伴在左右，也挺好。

我是一个北方人，又或者不是，因为我的家是中国地理上的中间——湖北，而我的三个相处短暂的大学舍友却是真真正正的北方人。四个人，可能除了我以外，都有着北方人特有的豪爽。

多年以后，我才知道，原来医学上还有一个叫作"抑郁"

的名词。

是的，我有轻度的抑郁，只是上学的时候不明显而已。

我曾经和所有的大学生一样：从高考结束到拿着"长大"录取通知书来报到，这期间整整休息了三个月，近百日的生活是庸冗而懒散的安逸生活，神经已经高度松弛了，我需要无比期待的大学生活。紧张的高考后需要放松，可是，可以说没人喜欢这种长时间的放纵。更多的时候，我要自由。

离开父母的那种无休止的督促，我相信：大学的天空，无比宽广。

也许，还有爱情。

我是最早到宿舍的那个人 —— 在学长无比热情的指引下，当时他们帮忙拿着我并不是很多的行李，以至于我不好意思，空空的双手都不知道是该放在口袋里，还是故作轻松地摇摆。

这是长江大学的一种优良传统，每一个人都想将自己曾经得到的帮助加倍地传递给下一个人。

我的宿舍是干净而明亮的，对于一个喜欢看书的人来说，这是一个好地方。但后来，我知道我错了，空旷的大学里读书最好和最适合学习的地方只有一个地方 —— 图书馆。

我最早来到宿舍，当时我还在胡思乱想：要是按照影视作品里说的那种规矩，我最早到，我就是"老大"。

第二个到达的是王文飞，对他，我记得如此清楚。他是拍着篮球到达宿舍的，他是一个阳光的大男孩。他的笑容让人感觉很自然，洁白的牙齿会让你感觉到，他至少是一个在独自生活都不会邋遢的男人。

我和王文飞差不多前后到达，以至于，我一直认为我们是同时到达学校的，拖他后腿的是他的篮球。

第三个是孙文，厚厚的玻璃眼镜，不像新生，倒像是一个学长，但后来证明，他的眼镜只是一种伪装，他并不像他的外表一样热爱学习。

第四个人过了两天才到，李贾，行李估计比我们几个加起来都多。他也是我们中间个子最矮的，也是最热爱学习的人和学习成绩最好的那个人，还有他没有戴眼镜。

宿舍生活是复杂的，可以脏乱不堪，也可以相濡以沫，当然也可以矛盾重重。

我们都是大人了，这一点在高考以后我们就已经知道，所以我们在宿舍里都尽量表现自己是一个和蔼的人。

但事实是完全和谐的宿舍氛围并不存在，王文飞常常把球衣乱丢，以及在宿舍里炫耀所谓的球技。孙文则是和女友没完没了地打着电话。李贾总是在睡觉前看小说，连床上都是书，后来才知道他的行李里很大的一部分都是书籍。估计那天接他的学长事后都会调侃他的行李，是真正地做了一回苦力。关键是，他看书时常常不知不觉就睡着了，不关离他最近的灯。

而我，是一个怪人。后来在百度上才知道。我的苦恼，心情不佳、忧伤、终日唉声叹气，对日常生活丧失兴致，是一种叫"抑郁"的东西。

我在回避着社交活动，我闭门造车。但这都无所谓，每个人都有缺陷，我们需要磨合。这一切都不重要，宿舍之外，有更好的东西。

大学里有教书育人的良师。这里聚集着众多学者和专家，他们精通本专业的基础理论。你只要有兴趣，就可以了解到最新的学术成果，还有丰富的科研实践经验，熟悉教育教学的客观规律，把我们缺乏家长管制的心收拢。

只是一场车祸，我才发现我的家庭原来并不优越。生命也可以脆弱，我还会跛脚。

以至于我在以后的日子，无数次地回忆舍友随着时间越来越模糊的面容。

我想，我的梦境是在暗示，我想我的同学了，我想我的舍友了。但理性在告诉我：这一切都归咎于我没有一个完整的大学体验。

醒来后的时钟和窗外陌生而鲜活的面孔告诉我，那个梦是虚、是无。只是，他们的身上多少有点我曾经的同学的影子。我要去准备开水了，如果有人感冒了，我这里有开水，一直都会有。

我因倔强又回到了"长大"，我在宿舍里行走，我跛着脚，我是宿管，其实我还是学长。

## 涂鸦墙

　　我所在的城市是一个港口城市，是比较时髦的前卫的城市。

　　不久前我去参观了一下外滩，给我印象最深的却是一堵长长的涂鸦文化墙。

　　这堵文化墙可以说名气很大，蜚声中外。之所以名气很大，是因为留下了诸多中外涂鸦大师的作品，比如美国涂鸦大师的作品。涂鸦在一定程度上不像传统画作那样一板一眼，可以粗犷，也可以豪迈不羁，在一定程度上体现了大师们的才华。

　　这个文化墙现在被妥善地保护了起来，是一等一的旅游景点。

　　可是据我的朋友说，以前可不是这样的。

　　以前的长墙，不过是外滩地产商圈屯地修建的，多年来不管不问，几成烂尾长墙，以至于越来越多的涂鸦爱好者看中了这块"风水宝地"。

　　当年，这堵墙差点儿被推倒，连重建文件都起草好了。

　　没想到的是，这涂鸦墙的图片被外国网友上传到了网上，率先在外国火了起来，于是顺应民意，这堵墙被保护了下来，反而成了闻名中外的旅游景点。

# 时间的味道

"味道"这个词是最不能说清楚的。

还有说不清道不明的记忆,而记忆,它只属于故乡。它的味道如同一坛深埋在地下的老酒,在你打开记忆阀门的那一刻,小心翼翼地从地下挖掘出来,然后又小心翼翼地打开坛口的泥封,是那一缕扑鼻而来的醇香。

又宛如一张张黑白老照片,它存在于每一个人的记忆中,每一个人都有他特有的久远的记忆,记忆于每一个人而言都不尽相同,且永不褪色。

它是儿时走过的小路,在一个天晴的午后,路边的树木滤掉了多余的光线,温暖、柔和的光线从树叶的缝隙中挥洒了下来,不多不少,刚刚好,一直延伸到小路的尽头。而我只是刚刚踏上那条小路的,行走的少年。

有时只是一棵树,或者说一朵一尘不染的野花,一片零落的树叶,一块斑驳的石头,一支写秃了的钢笔,或者说只是一个老屋,一条早已经不存在的道路,只是,都已经如同多年前刮过身边的风，早已经消失在了森林的尽头。

而时间呢？

其实最经不起推敲的便是时间，诚如有一首歌曲中所说："还没好好感受年轻就老了。"人至中年，亦常感于岁月蹉跎、时光飞逝。

时间真的是一个说不清、道不明的东西。

无论你是步履匆匆，还是蹒跚学步；高兴也好，忧愁也罢；优雅从容也好，落寞沉沦也罢。所有一切，都会铭刻在光阴里。一年有四个季节，春、夏、秋、冬。一年四季，皆有不同的风景，

如果以季节对应人的一生，牙牙学语、蹒跚学步应该是春；初入社会、挥斥方遒则一定是夏；秋天代表了成熟与收获，这也像极了人的中年，代表了一个人成熟与稳重，三十而立，四十不惑；冬天则是代表了人的暮年，那一头白发。经常有人感慨一年的时间太短，可是，人的一生呢？亦是时光匆匆！以一年来论，有时你只是在春天里驻足，一个骄阳便毫不犹豫地把你的脚步带入了夏天。

转眼间我已至中年，褪去了年少时的青涩，多了一份光阴洗礼后的淡淡的豁达。数十年的光阴一瞬即逝，但内心里还是始终做不到那种不动声色的从容。三十而立，而未至不惑。

高尔基也曾说过："世界上最快而又最慢，最长而又最短，最平凡而又最珍贵，最易被忽视而又最令人后悔的就是

时间。"

　　也许根本就没有所谓的时间，时间只是一个抽象的名词，只不过时间总是在你我左右，像是陪伴，未曾离开，一直都在。人生也不过是一场行走，往后余生，都是一场遥远而漫长的单程旅途。

　　时间是无私的，同样也是无情的，更是最公平的，无论你是腰缠万贯还是贩夫走卒，美貌或者丑陋，无论你拥有一个什么样的灵魂，相对而言，时间是最奢侈的，奢侈到你都不能拥有更多。你也许并不怎么喜欢它，但是你又不得不去正视它，又或者说谈不上喜欢或不喜欢。

# 江湖我来了

话说我师父是一个地地道道的武林高手。他刀枪剑戟无所不通，几乎打遍天下无敌手，江湖人称慕容无敌。慕容本是复姓，叫他慕容无敌的人多了，他真名到底叫什么，直到他死去，我这个徒弟也不是很清楚。我一直都活在师父的光芒之下，在这里我想说，其实我认为我的功夫也很到位，只是比师父差了那么一点点而已。

师父一生罕有敌手，找上门的不管是踢馆的还是打山门的，都没有讨到半分好处。直到师父临终前才摔了一个大跟头，并且这件事情，在很大程度上影响了我的武林生涯。

这到底是一件什么事情？您不要着急，听我慢慢地跟您细说。

我师父爱武成痴，刀枪剑戟均有涉猎，日浸夜染，各有不凡造诣，不然也造不出慕容无敌的名头。

有多厉害？在七八十岁的年纪，他还是一样能把那些二三十岁的，上门挑衅的毛头小伙子打得满地找牙。

在很长的一段时间，没有人陪他切磋，他左右都不自在。

他的名气太大！打架从来都没断过三天！

这可把我的师父憋坏了，他又看不上我们这些徒弟的身手——我们几斤几两，他老人家可是清清楚楚。

后来他实在是太闲了，终于决定做一件大事，排一个武林英雄榜。

他说排这个榜公公正正，把他认为是英雄豪杰的都排了个名次。

自这个榜公告天下，麻烦就来了。

前五的人没有异议。后面的人吵得不可开交，也打得不亦乐乎。

但还好，也没有谁来找我师父的茬——我的师父在钻研更深的武学呢。

直到有一天，一个排在末名108的人，找到了我师父。

当时，师父排名实际只排了107位，这个108号，是随便写上去的，只是为了凑齐天罡之数而已。

这个108号不服，在苦练了五年之后，直接找到了我师父，要考究考究我师父。

我师父也很高兴，他已经五年没有与人过招了，他所说的绝学也可以得到验证。

他们打了两天也没有结果，我的师父确实也没有吹牛皮，他钻研出来的绝学，的的确确是我所见过的最为精妙的绝学。

可是，108 号，把自己被排在 108 这个名次视为奇耻大辱，五年来，卧薪尝胆，武功竟然于我师父也是不遑多让。

108 号终于胜在年轻、身体底子好，在第三天，只是轻飘飘的一拳 —— 那一拳，轻得估计连个耗子都打不死。

可是，就是这么一拳，就把我师父给打死了。

我们徒弟没心思报仇，再说了，我们也打不过，再加上，师父在临终前，也确实对 108 号赞誉有加。

师父在临终前把掌门之位传给了我，可我还是很伤心，我并没有学过师父临终前所展示的绝学，他这套五年来钻研出来的，差不多等同于闭关创出来的绝学。

我一直以来也不认同，是师父五年来不曾动过手，武功就生疏了。要知道，后来 108 号把榜上的，包括前五名也都给收拾了。

我这个掌门可不好当。自打 108 号一折腾，天下大乱，总有人来打山门 —— 有为名的，有以武会友的，也有不服我的。

我没有我师父那种把整个武林都踩在脚下的锐气，也没那个实力。

师父曾经把整个武林打得服服帖帖，而我比我师父差得太远，现在是整个武林把我打得服服帖帖。

不出意外，我丢了掌门之位。

过程很耻辱。

我很恼火，我恨那个 108 号，只是他现在排名第一。

　　我决定也要闭关五年，我要去参悟师父的那种绝学神通。

　　时间过得飞快……

　　第四年，我觉得我对师父临终前所展示的绝学，已经钻研并体会得很深、很深了。

　　我也终于理解了 108 号 —— 耻辱是一种比渴望成功更为强劲的动力！

　　直觉上，我觉得我第五年一定能够成功！

# 等

他的年纪很大了，这一天是正月初二，过完春节儿子就匆匆忙忙地去外地上班了，他收拾房子的时候翻到了一本相册，里面有很多家人的照片，他不由看得出神。

照片仿佛禁锢住了时间，让他回忆起许多往事来，比如关于他的儿子；比如照片里有他陪小时候的儿子去公园的照片，有陪儿子游泳的，也有去图书馆的，有去超市的路上的，等等。总之，照片记录了往日生活中的温馨片段和点点滴滴。

他记得当时儿子真的是调皮啊，有一次还把一个小货架给推倒了，让他赔了不少钱。

那个时候他还没有退休，工作也很忙，经常出差，他只能在周末或者等到年底年假的时候才能陪孩子。

那时的儿子总是希望爸爸能够多陪他一会儿，可是那时候怎么可能呢，工作多忙啊，那时对于儿子来说，可能放寒暑假最开心的事莫过于和父母在一起了吧。

可是，自从儿子参加工作以后，工作是越来越忙了。后

来儿子在外地成家立业，为了生计，儿子更忙了。相对来说，和儿子在一起的时间就更短了。

现在他虽然退休了，彻底闲了下来，他觉得他现在好像和儿子对换了位置，轮到他开始想念儿子了，反而是儿子越来越忙，没有时间陪他了。

他的儿子只有过年的时候才会回来陪他，但每次过年，儿子回家也只是那么几天，时间可真是短啊。

他觉得他越来越像一个小孩子了，开始盼望着过年，那个时候，儿子还会把孙子带回来陪他一阵子，哪怕只有几天。

过年可真好，一家人团圆，还可以逗逗孙子啊，可几天的时间也真的是短啊！

他现在退休了，几乎整天无所事事，他觉得，没有关系，他有大把的时间，他可以等。

# 父爱如山

　　父亲已经 68 岁了，父亲是土家族。

　　过年回到家中，父母总是关怀地问东问西"饿了没有啊？""累不累啊？""车上挤不挤啊？"以及工作上的一些事情。

　　鄂西北的土家大山里，到了冬天，晚上朔气特别重，可是，烧得红彤彤的炉火，热腾腾的饭菜，整理好的床铺，虽已成年，但我还是心安理得地去享受它，在父母面前，我永远只是一个孩子。我也心安理得地去做一个孩子。

　　可是，父母都老了，有时候我心里是赤裸裸的疼，时光匆匆，我的成长，跟不上父母老去的速度啊！

　　记忆里的父亲就是一座山，青春，热情洋溢。可是父母都明显老了，背也有点驼了，头发花白，有时在昏黄的灯光下，在炉火旁的椅子上打着盹儿，跟记忆里的完全是两个样子。

　　记忆里父母总是忙碌的样子，那时候的生活条件远比现

在艰苦得多，巍峨的大山给了我父亲山一样的臂膀和胸膛，可是在那个艰难困苦的岁月里，也给了父亲辛苦忙碌和磨难。

如今，在老家起一个房子，普通人差不多要耗费半辈子的积蓄，可父亲光是房子都盖了三次。从茅草屋，到土坯房，再到砖瓦房，光是一个房子，肩挑背扛，其间吃过的苦，一言难尽。所幸的是，父亲的身体还是健康的，无病无灾，地里的农活，比起一般的小伙子，也是不遑多让，耕地、种菜、喂牛、喂鸡、养羊、养猫、养狗，父亲是一个闲不住的人。

父亲像极了一根上足了劲的发条，滴滴答答地走着他的年轮。

父亲当过兵，是后勤勤务兵，有七年军龄。后来遇到了我母亲，扎根到了这土家的大山深处，再后来又入了党，一直到今天。

本来我还想多写些父亲的事，比如部队上的一些琐事，可能是父亲不太善于表达，那些陈年往事，只能遗憾地局限在他的记忆里了。

## 父亲逸事

我的父亲是 1969 年入的伍，当时他只有十七岁，个子只有 1 米 63（虽然他一直强调他有 1 米 65，1 米 63 这个数据是当时的民兵连长曾庆友记录错了，反正绝对不是档案上的 1 米 63）。

在当时，这个身高是不能入伍的，是当时的民兵连长保送。原因很简单：家里穷，成分好，是穷苦人民的子弟，需要送到部队里深造。

不过那时候普遍都穷，父亲家更穷，因为父亲在三岁时丧父。

当时的环境在如今是不能想象的，困苦重重。

到了部队以后，是部队勤务营，那时全营大约有两百人，现在父亲能联系上的战友只有 39 人了，在一个微信群里，开始联系上的有 40 个，后来因为他们上了年纪，走了一个。

父亲到了部队以后，干了三年的通讯警卫员，负责全营的通讯、人员接待以及警卫工作。

通讯员不好当，上要服务领导，下要服务基层，更何况父亲还没有文化。

父亲仅有的一点文化就是那时在部队里习得的，从收发信件的一个个人名开始学习，到后来能够独立看书、写字、看报纸。

可是刚开始父亲不认字，但是信件必须准时送到战士手上。那个时候家书抵万金，必须及时地收发信件。父亲为人机警，想了一个笨办法，每次有人要寄信，是先写好代送的，只需要父亲统一送到邮局，即便如此，信封上的名字，父亲也不认识，下次战士家属寄来的信就不晓得送到哪个连哪个班，哪个战士的手上，父亲就把每个名字抄下来，做了一个数字编号，记录战士的姓名、班级、所属连队，既方便记忆学习，又能准时收发。

父亲做事是严谨的，送错信的事情，一次也没有发生过。

父亲性格开朗，能和战士们打成一片，人缘极佳，一般的通讯员做个一年就被换掉了，可是父亲一干就是三年，直到退役为止。

当年父亲送的信件不用检查。可是包裹，即便是部队的包裹，邮局都是要仔细检查的，有一次，邮局多给我父亲找了八块钱，你别看只是八块钱，在当时可不是一个小数目，那时寄个省内的信只需要六分钱。

父亲当时就退给了那个小姑娘。

从那以后，那个邮局的工作人员对父亲的包裹都是免检，按他们的说法:"这个小同志的包裹以后一律免检!"

因为是通讯员,父亲可以自由出入连队,有时候还要传达指令,上传下达,因此父亲和许多高层领导关系也很好。可是即便如此,父亲在最为艰难困苦的岁月里,也没有动用他的关系为自己、为家人、为我这个儿子谋取半点福利。

刚开始,我还有点想不通,后来我想通了,父亲留给我的恰恰是最珍贵的,那就是做人的品质。

## 我家的狗

我还在读小学时，有一年期末考试考得还好，爸爸妈妈很高兴，问我想要什么，我记得我当时犹豫了很久，说话的声音也有点小："我想养条小狗。"

那时的我对大狗自然是怕的，也许那时我的潜意识里认为小狗就是一个奢侈的玩具吧。

当一条真的小狗出现在我的面前时，我甭提有多高兴了，反正刚开始那几天，我也不偷跑到河里翻虾摸鱼了，就老老实实地待在家里，时不时地去看一下小狗，摸它几下。

那是一个毛茸茸的小东西，通体黝黑，只不过头顶和四肢生了几撮白色的杂毛，不是什么西贝、高加索之类的名犬，就是一条寻常可见的小土狗。

可能是我经常陪它玩，它特黏我，每次我去上学的时候，它都会把我一直送到村口才回家，我们还一起偷偷摸摸地下河游泳。当然，也经常被抓，少不了一顿揍。

到后来，小狗变成了大狗，它居然隔三岔五地自己去河里泡澡！这里面，可以说也有我不少功劳。

只是，最近这狗有点老了，骨头咬不动了，也有了坏毛病：喜欢到处偷鸡蛋吃。

你没听错，就是偷鸡蛋吃。当然，不是放在柜子里的，它就是一个活生生的"鸡保姆"，整天跟在鸡后面，偷它们刚下的鸡蛋！邻居家的蛋也没少遭它祸害，偏偏平时它足够聪明，很讨左邻右舍喜欢，我们拿它一点办法都没有，农村邻里之间，也没有必要为几个鸡蛋生闲气。

高一点的鸡窝还好，鸡笼里的、草棚里的鸡蛋，都归它了。

刚开始它偷鸡蛋，我们一点知觉都没有，还都纳闷呢：这鸡怎么就不下蛋了呢？你要知道，黄鼠狼偷蛋吃还留下个壳呢。

平时，几个老邻居在一起聊天、吹牛，邻居每每打趣："这条狗是我们在帮你养着呢，今天怎么着也得宰只大公鸡下酒吧？"而我也唯有无奈地替它解围："老张，你平时太闲了，还老是去打牌，它是在帮你做事呢！有它帮你守着鸡，你该有多么清闲……"在我们酒后之余，还在感慨这老狗的命真好，上顿下顿的，吃的尽是土鸡蛋。

后来，老狗老死了。

我和妻子唏嘘不已，只是在看到做饭的妻子和写着作业的儿子的时候，才发现，这老狗，用它的一生，陪我度过了人生中最美好的时光。

## 关于狗

我怕狗，大概是从小被狗追过的缘故，虽然自家的狗除外，但事实上骨子里对狗还是恐惧的。

后来到了城里打工，这种怕狗的感觉才好些 —— 城里的狗不大，大的也不过是金毛、哈士奇那样脾性温顺的狗，就更别提京巴、吉娃娃、博美、贵宾那些爬楼梯都费劲的小个子了。要说，还是城市的狗见过世面，大大小小的狗都不怕人，还特别会卖萌。

农村里的狗就特别凶，特别有骨气，只对着自己的主人友好，不会见了谁都摇尾巴。特别凶的狗要咬你的话，才不会管你长得高大还是矮小，好看或不好看，英俊或者不英俊。总之是不会对你太客气的，非得听到主人的训斥后才消停。

但是给我印象最深的却是同事的一条狗，由于公司的人员很多，同事小王养了一条普通的小土狗。小王刚开始还有点耐心，会给狗洗澡，后来工作忙起来就顾不上它了。有时小王出差几天也不回来，小土狗就是纯粹的放养状态了，自然也没人给它洗澡了。

还好公司人多，它总能捡到些吃的，再加上公司的伙食一向不差，它平时也能吃一点瘦肉，只是看上去脏兮兮的。

后来，小王高升后搬家，我凑巧搬到了小王的房间，才发现小土狗的高贵。

小土狗自然没有同小王一同高升，被留了下来。只是小王走后，那狗待得最多的是我的门口，或者经常到我的门口探望。

我怕狗，就更谈不上喜欢这条不是什么名贵品种的小土狗了，因此对它不冷不热。

直到有一天，我半夜回来，看见它在我的门口蜷缩成一团。

我突然有点心疼它了，它没有睡在现在经常喂它的同事的门前，而是像以前一样，睡在小王的宿舍门口——现在是我的宿舍门口了。

小王对它并不怎么友好，我也是。

但是它在这里显然不是等我，它还在固执地等待着，那个负它的主人。

# 狗的自述

我是一条狗，看门狗。

其实我的血脉告诉我，我本来还是高贵的，我的母亲是遥远的英国的那种牧羊犬。

我爹或许是一条美国狗，因为以前我在英国的时候，我的主人老喜欢和美国人交朋友。也许我的血脉里有比特犬的那种勇敢基因，但这一切都无所谓，牧羊犬可以温柔，也可以有比特犬那种对狼虎视眈眈的勇敢。

明珠蒙尘的事情很多。

而我只是其中一个，更何况我还是微不足道的一条狗。我是狗，我就看门，我无所谓。

我还在很小很小的时候，就知道我的新主人的院子很小，当然，也没有牧场，更没有羊，也没有狼需要我去驱赶。我吃了就睡。

主人家有的只是一个狭窄的院子和一条铁链。

我的数学不好，只对个位数字分得清楚，我很少出门，因为主人带我出去的次数绝对在个位数以内。我的主人很懦弱，似乎拒绝和外界交往，所以我也很少到外面去。

我的狗脑袋不好使，但我有一种直觉——外面世界的人都很危险——有不少人向我扔过石子，也有不少人对我吐过唾沫。

我是狗，所以我就要保护我的主人——我对路过院子的每一个人狂吠，用我的牙齿和叫声显示我的勇气，我用我自己的方式阻止着潜在的威胁和伤害。

我只对自己的主人友好，在他面前，我就是绵羊。

我无聊的时候就看蚂蚁，也看星星，看落下的水滴，哪怕是一片从树上掉下来的叶子也会引起我的好奇，我对院子里包括我身下的每一块石头都一清二楚，哪怕是一个纹理，我对这些细微之处的了解如同对我自己的气味一样清楚。我觉得我很充实。

我想看更多，但是我办不到，我身上有铁链。

我最近一次走出院子，还是不久前的事情——

那是因为有一个人，他往院子里丢小石子砸我。

我就吠他——他不怀好意。

我去咬他，他就跑——但他没有想到，铁链也有坏掉的一天。

我很久没有奔跑过了，已经快要忘掉了那种在草地上飞驰的感觉——我简直就像一条瘸狗在奔跑。

我终于咬到他了——就算是一条瘸狗，可我有四条腿

啊！我对跑过来的主人摇尾，对周围的人吠叫。我摇尾，向主人讨赏——有人不怀好意地朝院子扔石子，我抓住他啦！

我的左腿断了，这次，我和刚跑出院子的动作差不多，我成了真的瘸狗。

我的主人打我，我无法反抗。

还有外面的人真坏，不停地嚷着：“疯狗咬人啦！打死它！”

我知道我的主人不会打死我。

他也确实不会，我也许是他唯一的朋友，只是他自己都照顾不好自己而已。

我瘸着腿，回到院子。我没地方可去，外面的世界对我而言，是一个陌生和危险的世界。至少在熟悉的地方我心里会踏实一些。我也很乖，还有，我在等着主人把我的铁链接好。

我在这里想对你说，我是一条狗，看门狗。

我很好，我在我熟悉的地方养伤，如果哪天你走过一个院子，有一条铁链拴着的瘸狗，那就是我。

# 大石

新集河镇滩地厂的采石老板对我说，他做梦都想采掘一块完美的景观大石。

新集河镇是我家乡的一个小镇，坐落在新集河畔，小到甚至你在地图上都找不到它。

听老人讲，新集河镇的滩地景观石厂原来不过是一块河滩地，河滩上全是大大小小的粗糙的普通石头，以至于这种丑陋的石头遍地都是，普通到随处可见，闲散地分布于新集河的河滩两岸。

可是后来不知道为何，城里修建的小区里都喜欢摆上几个大大的石头作为景观，以至于还形成了一个产业。新集河镇的滩地厂所在地，一开始只是依河而建的一块大河滩地，后续开发，一是为了废地利用，二也是为了方便收集河里采下的大石。

新集河下游河滩上的大石头已经所剩无几，剩下的也不过是一些碗口大小的砾石。

下游的大石几乎被采掘一空，后来人们又开始瞄向了新集河的上游，原来早先采石的人觉得从上游拉石头太费力气，又开始盯上了新集河两边的树木。可以这么说，现在的新集河镇滩地厂早已经分了家，一半是石头厂，而另一半则是木材厂。

坚持采石的老板抱怨生意太好，石头难找。木材厂的老板则抱怨木头场码头地太小，以至于厂里到处都堆满了木头，像小山一样高，上下货多有不便，运输也是个难题。

但是这样一来，用地矛盾就突显出来了，本来两个都是用地大户，河滩地就巴掌大，再加上两个老板都不是省油的灯，虽然小镇早已一分为二，但不时有各种各样的矛盾在暗地里发酵、爆发。只是新集河的土地实在有限，谁也找不到合适的场地取代。

木材厂的老板笑采石厂的老板不懂得变通，采石厂的老板笑木材厂的老板木材薄利。反正我认识的两个老板在我的眼里都是牛气冲天的大人物，不过也多少有点鼻眼朝天，目中空无一物。

两位老板虽是旧识，但是在一些事情的细枝末节上面却有着惊人的一致，谁也不肯让步。正巧两位老板都是我的朋友，不同的是，我是碌碌无为，他们是日理万机。

直到一场大雨的到来，这个问题才似乎解决了一些，只是好像还有点小麻烦。

这个问题发生在不久前，随着山洪的暴发，还夹杂了一股大型的泥石流。树木被乱砍滥伐的后果是显而易见的，河滩地首当其冲。两个厂都被泥石流冲击得面目全非。

只是木材厂的木头早已经被泥石流冲刷得干干净净，不过土地面积却变大了许多，而石头厂也遭受了洗劫，不少石头被冲到了木材厂的地界，更多的石头则是不知所终，土地面积还变小了不少，只不过在原来两个老厂标记的老界碑的正中央处，泥石流还顺带冲刷下来了一块令采石场老板都爱不释手的大石。

## 一朵玫瑰花

直到看到街上出现了许多卖玫瑰花的小贩，他才后知后觉地发现今天是情人节。

是否要买一支玫瑰花呢？

他在心里犹豫了很久。上一次他送老婆玫瑰花是什么时候呢？他努力地回忆着。那还是读大学的时候，那个时候真的是最好的年华。他先追求的她，他还记得那个时候有好多人追求她，他记得自己当时对她很好，当时送她花的时候还是一种漫不经心的语气，他是怎么对她说的来着？

"嘿！你好！"

然后就是如此简单，他们就在一起了，他现在依旧觉得当时能够追求到她真的是一种幸运，如今他们已经结婚七年了。

可是如今为什么有一种淡淡的厌倦感了呢？是太过熟悉了吗？可是为什么结婚以后反而没有买过玫瑰花呢？工作和生活的压力确实让他有点难以承受了，在这个一线城市安身立命确实太难了，光是房贷已经让人喘不过气来，更别提孩子的教育费用和各种生活必需品的开销。

再过两年零一个月就会好很多吧！那个时候房贷能还完，相信工作也会比现在轻松很多。

记得家里是养了一株玫瑰花的，可是玫瑰花赶不上这个花期，就算是开了花，也没有花店里的玫瑰花鲜艳和饱满。虽然比不上花店里的，可是家里的玫瑰花有它的独特之处——那种看着它由一朵花骨朵到花开，再到花落的独一无二的欣喜。因为家里有玫瑰花，所以他一直没有再买，就像她所说的："没必要浪费。"

今天，漫天的玫瑰花让他开始认真思考起和老婆的关系，他现在也认为他的老婆还是漂亮的，可是为什么有点厌倦了呢？是七年之痒吗？是对生活压力和一成不变的厌烦吗？他开始回忆一些过往，他发现他找不到太多关于他老婆的过失，他的老婆堪称完美。

他还是决定去买一束花，因为他记起了初心。当时他追求她的时候想过：结婚前很多男人会对她好，想要追求她，自己只有加倍对她好才能追到她，结了婚以后追她的男人越来越少，我只有对她更好才能不让她失落、寂寞。

可是他摸了摸口袋，口袋里的零钱并不支持他去买一束花，这些钱也许在平时可以，但是绝对不是今天，不过他还是决定到花店碰碰运气。

花店里的老板很忙，显然是平时就很会做生意的那种，对于他的要求想都没想就答应了，只是一束花而已，不过店里实在没有太多的人手去处理他的这一束花，需要他自己去剪掉玫瑰花上的刺和多余的枝枝叶叶，并且自己包好，他努力地回忆着当年那束花的包装，并且选择了差不多的包装纸。

可就快包装完的时候，由于他的粗心大意，一朵玫瑰花上的刺他没有剔除干净，刺把他的手扎了一下，出了一点血，血滴落在了玫瑰花上面，可是当他想去擦拭玫瑰花上的那一滴血时，他发现血迹和玫瑰花几乎融为了一体，而那玫瑰花的颜色是火红火红的。

# 鸵鸟

吾有一鸵鸟，其自诩志高远，常拍翅练飞，欲与鹰搏击，更欲与鸿鹄比高。数年后，速疾，得客赞，鸟更以为之。

某日，鸵鸟顿足，观 3D 之影。

鸵鸟初观蓝天白云，顿生豪气，欲展翅，但见鹰击长空，朝霞扑面，尘云远退，始有惧意，更见鸿鹄，以为骇然，无以寻沙，故埋头于座避之。

# 惜时

夏虫亦知冰，似知时日短，
只叹如朝露，昼夜高亢鸣。

# 雨

伴着一声惊雷，
你从天上姗姗而来，
我想你是误落人间的天使，
否则，那雨后的彩虹，
还是你本来的颜色？
我想你又是一个顽皮的孩子，
你看你，一不小心，将叶子上的甲虫打翻，
又将地上的灰尘，重重地砸起。

## 最短的故事

我的故事很短。

还没有开始，就已经结束。

所以没有过程，也没有再见。

# 水之颂

惊涛骇浪是你的倩影，

清泉衬托着你的宁静，

你站在嫩绿的叶尖上，

你醉卧在睁开睡眼的花蕊里，

滋润干涸的土地，

巨浪拍岸，

是你的顽皮，

而大海上漂浮的万吨巨轮，

显示你的力量，

你独自忍受着漫漫长夜的寂寞，

迎来了晨曦中的第一抹阳光，

你有着一颗透明的心，

骨子里却是七彩的颜色，

当你流过龟裂的河床，

当你降临在久旱的大地上，

那滋润万物的声音，

我想那才是世界上最华美的乐章。

## 浮萍

无枝无叶无根基，
空得清波一点绿，
我自有心向浮萍，
任尔水流向东西。

# 花时

花开未逢时，
零落化尘无，
虽只空余枝，
犹有香如故。

## 偏寓

　　已然临近年关，天气也是多多少少带上了一点北方的朔气，空气中冰冰凉凉的，像是能结出冰疙瘩来。

　　随着打工的人陆续回家，这个豫西北的农村，还是恢复了不少生机。

　　老王由于工作很忙，加上又在城里买了房子，平时更是很少回农村的老家。老王家原本敞亮的庭院里，由于没人收拾，野草更是肆无忌惮地生长，让老王好一阵收拾。

　　老王虽然累得满头大汗，可是看着小院里满是好奇的孩子，还有儿子小彬，身上的力气又恢复了不少。

　　每次回来，老王都有一个习惯：四下里到处走走。

　　不光是拜访乡亲朋友，更像是一种情怀，像是一个长时间没有回来，想要把整个故土风情刻到脑子里，带到城里的游子。

　　当走到老张家里的时候，老王愣住了。

　　老张家的房子漂漂亮亮的，可是房子旁边还留有一个建房时没有拆掉的老房子。

而这个老房子,老王和老张小时候可以说是经常在里面玩耍的。

老张热情地招待了老王,可是老王想到老张的旧房子里去看看。可是老张却说:"还是别去了,老房子脏。"

当老王走出老张新居的时候,知道了老张的意思,老张的老房子里传来了一阵阵的咳嗽声,接着老王看到了一个熟悉的身影 —— 那是老张的爸爸。

老王叫道:"张叔,你好!"接着拉过自己的儿子说:"小彬,快点叫张爷爷!"

小彬没有开口,像是有点害怕这个刚从黑暗里走出来的老人,躲在了老王的身后。

老王一看这个样子,赔笑道:"这孩子!"

老张的爸爸佝偻着腰,挂着拐杖,看到老王后精气神仿佛又回到了他的体内,显然很高兴,热情地说道:"哎呀!好久不见了!儿子都长这么大了呀!进来坐坐呀,我去给你倒茶。"

老张听了有点急,但还是笑嘻嘻地说:"爸,哎呀!你也不好好看看,王涛哥如今什么身份?会喝你的茶?"

老王听了倒有点窘迫,老王在城里有着一个还算体面的工作,几年难得回来一次,竟口口相传,俨然成了有出息的人。老王不由再度仔细地向老人看去。

老人穿得破破烂烂,老人以前是教书的,就连老王也曾经做过他的学生,只不过私下里还是叫他张叔,公开场合叫

张老师。老人的腰以前是笔直的，像他办公桌上的毛笔一样。老人也爱打扮，西服、衬衣、裤子都是用熨斗熨得整整齐齐的，不想几年不见，背也驼了，棉衣的袖口还隐约看得到一些污垢，由一个优雅的教书匠，变成了一个邋遢的驼背老头子了。

老王不由叫道："张老师！"

老人听了这句话，腰似乎挺得直了些，也听出了老王的那种感慨。张叔叹道："哎呀！人老啦！就不中用了。儿子多大啦？"

"马上就读幼儿园了。"

"哦！那很好！小朋友一加一等于多少啊？我猜你不知道。"说完老头还把两个手指头合在一起故意逗道。

老王的儿子这才不那么怕生，从老王的身后探出小脑袋瓜子脆生生地说："二，这太简单了！我还会乘法呢！"语气中还颇有点不以为意。

老人故作吃惊的样子："哎呀！都会乘法了呀！真了不起！"

老王儿子这才没有那么拘束，好奇地打量着他面前的老人。

老人又说了些什么，老王没有听清，老人的儿子老张就接过话头，大致上是儿子真聪明，好不容易回来，多玩几天，缺什么菜就来菜园子摘一些的家常话。

之后的几天，有诸多亲友前来探望，老王想再次拜访张老师的愿望落空了。

　　当再次看到老人的时候，是在老王自家的自留地路边上。老王看到老人提着一篮子菜，像是累了，又似走不动了，老王赶紧上前说："张老师，你咋的啦！"

　　"哦！是你呀！我出来活动活动，生命在于运动，不是吗？"

　　老王看着老人忍不住道："张老师你不是有退休工资吗？为什么不穿得好点呢？"

　　"我呀，钱都交给儿女啦！再说了，我用什么钱？"老人说完，眼中满是骄傲与自豪。

　　老人又接着说道："再说了，他们也刚盖完新房子，压力大。我知道你想说什么，我年纪大了，痰也多，新房子弄脏了就不好了，再说了，我也爱自由与清静，我教过书，这点道理我还是明白的。"

　　后来说的老王就记不清了，老王记得的只有暮色暗淡，夕阳中那个提着菜篮子的老人，渐渐远去，仿佛在朔朔北风中，随时都有可能跌倒的，无比落寞孤独的背影了。

# 扫岁

今天正月初二，因为工作的原因，过几天又要往公司赶。

时间回拨一下，去年腊月廿五……

常年在外打工的我忙忙碌碌了一年，一年一次回到家，路过堂屋，堂屋里有着农家特有的散乱 —— 几把椅子、一台磅秤、几袋化肥、一些药材等。

对了，还有一个狗窝。

说是散乱，但其实并不乱，我想拾掇拾掇，过年之后才发现其实并不需要收拾！

这里面包含了最基本的生活哲学 —— 实用哲学！

我家里并不需要宴请什么高级领导，或者饱学之士，偏僻的乡下，平时也鲜有人光顾，夜不闭户的聚集地，也谈不上太多的除尘扫岁。看上去虽然杂乱，但事实上是多年的生活，日复一日的结果，很是自然，有点像达尔文所说的进化论。

以至于以往我想收拾一下，都无从下手，甚至收拾一下后，在一段时间后，还是会回到之前的样子！

几把椅子，方便偶尔路过的乡亲，甚至平时出门，门都不关，还可以方便一下上山打猎避雨的猎户，而打猎的猎户也大多都认识，有时猎户猎到的东西颇丰，都会给你留下一些，推都推不掉！

那是朴素至极的热情！有时猎户的肩上一边背着猎枪，另一边是沉甸甸的绑好的猎物。有时猎到的野鸡、兔子还略微带体温，猎物毛发上的鲜血尚未完全发黑，就往你怀里塞，让你简直无法拒绝！那种热情，粗犷而狂野。

堂屋里的光线也明亮些，也通风，对药材的风干也很有好处，关上了门，药材反而容易受潮发霉，卖不出好的价格，这里的门，你甚至都找不到一个可以关的理由！对于农具磅秤之类的，就更不用说了。

今年，其实应当说去年腊月，一开始我想收拾屋脚的那个狗窝，给狗窝挪一挪位置，但被爸妈反对道："它睡那里都习惯了！"

我听到后一愣。我想这可是扫岁啊！

这狗显然不是防盗用的，更像是一个伙伴，那狗，总是像跟屁虫一样，跟在老父亲的后面。那狗，在我的面前喘着粗气，还摇着尾巴，像是在我这个亲儿子面前耀武扬威，显示着父亲对它的无与伦比的恩宠。突然它又一下转头奔

向了父亲丢给它的骨头，叼到狗窝里去了。

"它睡那里都习惯了！"我一直回味着这句话。

我突然有点羡慕这条老狗了，还嫉妒它，还喜欢它。嗯！骨头什么的，都给它。

# 诗三首

## 画

我想为你画一幅画，

画出你的样子，

我要，

画你的手，

画你的背影，

画你的发梢，

画你的鼻子，

画你的眉毛，

也画出你的一颦一笑，

画你的温柔，

也想画出你的善良。

起笔又落笔，

可是，

我怎么都画不出，

我想，总该能画出你的气质，

可是起笔又落笔，我仍然画不出。

因为你就像一道光，

我无法睁开眼睛去看你。

可是，

只有一幅画，

画出了你的样子，

那幅画，

就在我的心里。

在我的眼中。


## 知了


我总是写只有自己，

才能看得懂的诗，

我没有读者，

因为好像没有人能真正懂我，

看懂我的诗，

除了窗外的蝉，

从我下笔的那一刻，

它就开始说：知了，知了。

## 梅花

寒雪飘落落雪寒，陌上梅花花满枝。

霜打梅花花不落，雪落寒梅梅更香。

皓月当空空自赏，梅花暗香香醉人。

花开年年年年开，香不醉人人人醉。

# 种子

## 一

在很久很久以前……

有一片广袤的森林，森林广袤极了，一眼望不到边，森林里不光有许许多多的大树，还有许许多多美丽的花儿，许许多多爱唱歌的小鸟，许许多多爱跳舞的蝴蝶，许许多多爱搬家的蚂蚁，还有许许多多爱上蹿下跳的松鼠……总之森林里热闹极了。

有一颗大树的种子叫"小豆豆"，小豆豆马上就要成熟了。秋天里的太阳暖洋洋的，小豆豆感觉妈妈的怀抱实在是太热了，它迫不及待地想看一看外面的世界。

"咔"，包裹着种子的外壳裂开了。就在太阳快要落山的时候，它看到了一束明亮刺眼的光！接着，有一股清凉的风吹了过来，它感觉舒服极了，但是紧接着天越来越黑了，小豆豆慌张地发现，它渐渐地什么东西都看不见了！它有点儿慌了。"一定是那个太阳发出的光，把我的眼睛照瞎了！"小豆豆想到这里，加上周围尽是无边无际的黑暗，心里的委屈和害怕一起涌上心头，不由得小声地哭泣了起来："呜呜！呜呜……"

可是接下来小豆豆哭得更伤心了，它的眼泪像打开闸门的水龙头，又像一串串珍珠止不住地往下掉，它的哭声传了好远好远，把天上刚刚睡着的星星都惊醒了。

星星在天上伸了个懒腰，从云层里探出头来，好奇地问道："哎呀！这是谁家的小宝贝？什么事哭得这么伤心呢？"

小豆豆是一个懂礼貌的好孩子，听到有人跟它说话，它立马回道："我是小豆豆，我是树妈妈的好孩子。我的眼睛看不见了！被太阳给照瞎了！"小豆豆刚说完，正准备继续大哭一场的时候，又仿佛想起了什么，它又说道："你在哪儿？你是谁？你怎么知道我的名字呢？我好害怕，我很怕黑。"

星星一听笑了："呵呵！我当然知道你是谁了，你是小豆豆！我是小星星呀！你抬起头来看一看，我就在你的上面呢！"

小豆豆一抬头，就看见了满天都是一闪一闪的小星星！简直是漂亮极了！小豆豆发现它又能看得见东西了，于是惊喜地说道："哎呀！我又能够看得见了！"小豆豆说完，看着满天的美丽的小星星，小豆豆看到那么多美丽的小星星，不由自主地赞叹道："你可真漂亮！"

小星星听到有人夸她漂亮，反而有点不好意思起来，眼

睛一眨一眨地说道:"谢谢!"

小豆豆听到有人和它说话,胆子变得大了些,也不哭了,它又向四周望了望,可四周还是很黑。

可是它还是有点害怕,它说道:"小星星,我还是很害怕,还是很怕黑。"

小星星看到小豆豆害怕的样子,安慰道:"小豆豆,黑暗其实并不可怕!你看,这是谁来了?"小豆豆又向天空望去,看到有一个"小星星",一闪一闪的,径直向它飞来。小豆豆高兴地说道:"小星星你真好!"

飞来的"小星星"听了,"扑哧"一声笑了,说道:"小豆豆,我不是小星星,我叫萤火虫,专门帮助在夜晚怕黑的小孩子。"原来萤火虫阿姨听到了小豆豆的哭声,专门从很远很远的地方赶过来。

只不过在小豆豆看来,萤火虫和星星几乎一模一样,都是一闪一闪亮晶晶的。只是萤火虫渐渐地飞近了,细心的小豆豆才发现了一个问题,星星几乎是一动不动的,而萤火虫则是长着两只翅膀的昆虫,萤火虫既像星星,又像是一个提着小灯笼的精灵,在森林里游荡,飞来飞去。

萤火虫阿姨飞到小豆豆的身边,把自己身上的"小灯笼"挂在了小豆豆的身边,小豆豆身边顿时明亮了起来,就像白天一样。

可是萤火虫阿姨的灯笼还是会一闪一闪的,当灯笼熄灭的时候,四周还是很黑。

小豆豆没有那么害怕了，毕竟黑暗一会儿就被赶跑了。

萤火虫阿姨温柔地对小豆豆说道："小豆豆，黑暗其实并不可怕，你试着闭上眼睛，那也是黑的呀。"

小豆豆试了一下，发现果然如此，因为只要它一睁眼，黑暗就被赶跑了，只要自己一睁开眼睛，萤火虫的那个一闪一闪的小灯笼就会把自己的身边照得亮堂堂的，甚至比白天还要亮呢！

## 二

细心的小豆豆发现萤火虫阿姨的脸上略带疲惫，于是心疼地说道："萤火虫阿姨，你赶了那么远的路，一定很累很累吧！你好好休息一下吧！"

萤火虫阿姨说道："谢谢你！可是我一休息，小灯笼就灭了呀。"

小豆豆有点为难了，它还是没有足够的勇气一个人去面对黑暗，突然，小豆豆想到了一个好办法："你就休息一小会儿，若是我怕黑，我就说开灯！你就把灯笼打开！"

萤火虫阿姨听了高兴地说道："小豆豆你真聪明！我要关灯了。"

过了一小会儿，小豆豆说道："开灯！"果然，小灯笼亮了起来。

它又接着说："熄灯！"

……

这样的游戏连续进行了好几次。

小豆豆再也不怕黑暗了，而萤火虫阿姨实在是太累了，昏沉沉地睡了过去，灯笼也灭了，可是当小豆豆再一次独自面对黑暗时，终于不害怕了。

慢慢地，小豆豆也困了，也合上了它的双眼，睡着了，睡得很香很甜。

第二天一早，伴随着公鸡的一声长鸣，萤火虫阿姨和小豆豆都醒了过来。

萤火虫阿姨扇动了一下翅膀，对着刚刚睡醒的小豆豆说道："小豆豆！小豆豆！我要走了，你要乖乖的，以后不准哭鼻子，知道了吗？"

小豆豆一听说萤火虫阿姨要走了，急得眼泪都快流出来了，泪水在眼眶直转悠，小豆豆委屈地说道："我不让你走，我要你陪我玩。"

萤火虫阿姨在空中飞了一圈，又飞回来摸了摸小豆豆的头，笑道："阿姨很忙的，阿姨从很远很远的地方赶来，还要回到很远很远的那个地方去。"

小豆豆听萤火虫阿姨这么说，好奇地问道："那个很远很远的地方好玩吗？阿姨你带我去好吗？"

萤火虫阿姨牵着小豆豆的手，摇了摇头说道："可好玩了，可是现在还不行，等你长大了，萤火虫阿姨一定带你去。"接着萤火虫阿姨还跟小豆豆说了一些森林里的小故事。

说完，萤火虫阿姨就飞走了，小豆豆虽然很不舍得，但也没有办法。

小豆豆看着萤火虫阿姨越来越远的背影，一个无比强烈的感觉涌上心头，那就是：我要快快长大！

然后，小豆豆仔仔细细地观察起周围的环境来。

这是小豆豆迎来的第一个早晨，以前它可是一直都在妈妈的怀抱里呢。清晨的第一缕阳光从很远的地平线照了过来，太阳公公的脸红扑扑的，像是刚刚喝了不少的酒，从地平线上缓缓地升起。

森林里还有不少的雾气，像牛奶，像棉花糖，像一条飘浮着的丝带，在山间、在森林间缓缓地流淌。

一早上，伴随着太阳的第一缕柔和的光线，森林里也渐渐热闹了起来。百灵鸟、麻雀、喜鹊、白头翁、鸳鸯鸟，等等，数不清的歌唱家都迫不及待地在早上吊嗓子或者练习歌唱，或者加入一个小的合唱团合唱一曲，所以早上的森林热闹非凡。

森林里的秋天，也是收获的季节。空气里飘浮着各种各样的成熟气息，比如各种瓜果成熟的气息，在空气中混合成了一股特别诱人的气息，让人感觉空气仿佛都是甜丝丝的。等到太阳又升高了些，许许多多的歌唱家唱累了，才陆陆续续地回家。

突然，小豆豆身边飘过了一个忙碌的身影，是小蜜蜂。

小豆豆不解地问道:"小蜜蜂你好,大家都在唱歌玩耍,为什么你是忙忙碌碌的呢?"

小蜜蜂停了下来,它的一只手里提着一小桶花粉,另一只手里拿着一把刷子。原来蜜蜂是在收集花粉呢。

小蜜蜂回答道:"马上就要下雪了,我在收集花粉、酿造蜂蜜,为冬天储备粮食呢!蜂蜜可甜可甜了,我要找到每一朵花儿,我要酿造世界上最甜最好吃的蜂蜜!我在每一朵花之间的飞行其实就是舞蹈啊!"

说完,小蜜蜂看到小豆豆可爱的样子,给了它一勺蜂蜜,那蜂蜜简直甜到小豆豆的心里去了。小豆豆嚷嚷道:"真甜!我还要吃!我还要!"

小蜜蜂为难道:"我就带了这么多,再说了,小朋友多吃糖也不好呀,会让牙齿里面长满蛀虫的。"

小豆豆听到小蜜蜂这么说也不闹了,说道:"嗯,那长大了我也要去酿造蜂蜜。"

## 三

小蜜蜂笑道:"不管你长大了干什么,只要你足够勤劳努力,你就能过上好日子。事实上,有好多动物都是忙碌的,比如蚂蚁、松鼠,它们都是在秋天辛苦地储存粮食,才能在冬天过上安稳无忧的好日子呢。"

小豆豆还想问问题,比如"冬天是什么呀,雪花是什么呀"，可是小蜜蜂实在是太忙了，它刚说完就飞走了。

小豆豆很想找个人好好地聊一聊，可是接下来它发现森林里的每一个动物实际上都是忙忙碌碌的，因为秋天是收获的季节，谁都没有空陪它聊天。

小豆豆突然往地上看了看，可是看上去实在是太高了，它有点害怕起来，甚至浑身发抖，随着清风在枝条上一摇一摆，细心的松鼠看到了，关心地问道："小豆豆，你感冒了吗？很冷吗？"

小豆豆结巴地说道："我……我怕高。"

松鼠奇道："真奇怪，种子怎么会怕高呢？"

小豆豆："不知道为什么，我怕高。"

松鼠看到小豆豆很难受，决定帮它一把，可是松鼠有点为难了，它够不着种子，松鼠的朋友都不会飞翔。突然松鼠灵机一动，它决定去请一位朋友！而这位朋友，同样也是种子，松鼠相信它也一定会乐于相助的。

过了一小会儿，松鼠就赶到了，它吹了个口哨，只见几朵蒲公英小姐姐打着一朵朵白色的降落伞，随着一阵小风飘到了小豆豆的面前，蒲公英小姐姐见了小豆豆说道："小豆豆别怕，我们有降落伞呢！"

小豆豆看到蒲公英小姐姐漂亮的白色降落伞，心里顿时就不怕了，还赞叹道："真是一把漂亮的降落伞，能送给我吗？"

蒲公英小姐姐摸了摸小豆豆的头，友好地说道："那可不

行，我们还要靠着这把小伞到很远很远的地方，在那里生根发芽呢！"

小豆豆听了说道："那你们能带我去吗？我也要到很远很远的地方生根发芽！"

蒲公英小姐姐说道："我们的降落伞，只能带得动很轻的东西，小豆豆你太重了。我们只能把你送到离地面很近的地方。"

小豆豆想了想说道："好吧！"

几个蒲公英小姐姐联合起来，把一个个小降落伞变成了一个大降落伞，最后它们抓着小豆豆的手，小豆豆像坐直升机一样，又快又稳，安全地到达了地面。

到达了地面以后，小豆豆知道要和蒲公英小姐姐分开了。它对蒲公英小姐姐说道："真的非常感谢！你们要去的很远很远的地方在哪里呢？"

蒲公英小姐姐说道："我们要去的地方，是水美、草美的地方，是风儿的尽头。"

小豆豆说："好吧，我也好想去。去看一看风儿的尽头，那里肯定也特别好玩。"

小豆豆刚说完，一阵风吹了过来，蒲公英小姐姐挥了挥手："好的，非常欢迎！再见了！"随即，蒲公英小姐姐一个接一个，踩着风口尖儿，在森林里越升越高、越来越远，慢慢地在空中变成了一个个白色的小点，直到最后再也看不见了。

和蒲公英小姐姐告完别，小豆豆开始观察起地面四周的环境来。

当小豆豆看到地面有好多又尖又硬的小石头时，它拍了拍胸口说："幸亏有蒲公英小姐姐的相助，否则直接掉下来，一定会摔得很痛。"

可是接下来它有点犯愁了，这里的小石头太多了，它有点不喜欢这里，可是要去哪儿呢？它决定先去找人问问路。

这时，它看到几只蚂蚁排着整齐的队形路过，于是它走上前去，鞠了个躬，恭敬地说道："蚂蚁！蚂蚁！你们好！"小豆豆挠了挠头，它想起了蒲公英，又接着说道："我要去一个很远很远的地方，那里是一个水美、草美的地方，那里还是风儿的尽头，请问我该往哪里走呢？"蚂蚁们停了下来，其中一只大蚂蚁说道："原来是小豆豆，水美、草美的地方有很多，可是风儿的尽头我们不知道，风儿对于我们来说是很危险的，会把我们吹到森林的深处，会让我们迷路，找不到家的。"大蚂蚁停了一下，接着说道，"世界上还有比水美、草美更好的地方呢，那就是我们蚂蚁的家，我们可以带你去看看。"

小豆豆听了非常高兴，直接说道："那我们走吧！"

## 四

大蚂蚁笑着说道："小豆豆你走得太慢了，我们得走到天黑不可。"大蚂蚁对它身后的小蚂蚁一阵嘀咕，马上就有一群小蚂蚁围了上来，大蚂蚁喊着口号："一！二！三！"三刚说

完，小豆豆就被蚂蚁们给抬了起来。

小豆豆看着身下的小蚂蚁，担心地对大蚂蚁说道："我……我身体很重的，不会把小蚂蚁给压坏了吧？"

大蚂蚁笑道："没事！你别看我们个子小，我们每一只蚂蚁都是大力士呢！都能举起比我们大好多、重好多的物体呢！"

小豆豆很喜欢那种被蚂蚁抬着的感觉。

有点像坐手推车。不！比手推车还要快，还要平稳，还要舒服！小蚂蚁们在大蚂蚁的指挥下迈着整齐划一的步伐，不一会儿就到了蚂蚁家的洞口。蚂蚁的家在一处飘着浓郁桂花香的桂花树的树下，旁边还有一条小溪流。接着，小豆豆又兴致勃勃地参观蚂蚁在地下的家。

蚂蚁的家虽然在地下，可是小豆豆觉得棒极了，里面冬暖夏凉，房间也很大，道路四通八达，像一个迷宫，简直就是一个捉迷藏的好地方，里面一点也不黑，转角的地方还挂着一颗颗小小的夜明珠，甚至在一些洞穴里还挖出了一口山泉，小豆豆还专门喝了一口泉水，山泉水很甜很甜。

大蚂蚁自豪地说道："小豆豆，我们蚂蚁的家不错吧！是山美、水美的地方，要不你就在我们家住下来吧！"

小豆豆想了想，摇了摇头：这不是我想要找的山美、水美的地方，这山泉也太小了，等我大一些的时候，还不够我一个人喝的呢！我要去很远很远的地方，是在风儿的尽头呢！所以我要走了。

刚走到洞口，有一只小蚂蚁向大蚂蚁跑过来，在大蚂蚁耳边嘀咕了一阵，接着大蚂蚁对小豆豆说道："小豆豆，不好意思！刚才接到蚂蚁国王的命令，马上要下大雨了，你看，我们的蚂蚁将士正在垒窝呢。"

小豆豆顺着大蚂蚁手指的方向望去，果然，小蚂蚁们忙得热火朝天，把一个个小泥土块堆到蚂蚁洞口的周围。

小豆豆好奇地问道："这有什么作用呢？"

大蚂蚁耐心地解释道："只要下大雨，就会发大水，洪水会淹没我们的洞口，为了不让家里进水，这些小泥土块会把洞口封死，这样雨水就被挡在了外面，等到雨停了，洪水退了，我们再把泥土搬开，像开门一样。"

小豆豆竖起大拇指赞叹道："你们真聪明！想出来的办法真了不起！"

接着小豆豆要往外走，大蚂蚁急忙说道："小豆豆，外面马上要下大雨了，洪水会把你冲走的！"

小豆豆看了看天，只见天空还是艳阳高照，一朵云都没有，小豆豆心里想：可能不会下雨呢！于是它说道："没事！我会游泳呢！"小豆豆告别了蚂蚁。

接着它又上路了，可是还没有走多远，天色就变了，天上乌云滚滚，空中时不时还有闷闷的雷声传来，地面上也吹起了大风，马上就要下雨的样子。

小豆豆有点后悔了，可是它回不去了，因为伴随着一声巨大的雷声，天空中开始有豌豆大的雨点噼里啪啦地掉下来。

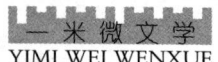

小豆豆心里还有点着急，因为它根本不会游泳呀。

雨越下越大，很快，森林里遍地都是水，小豆豆狼狈地躲在巨大的芭蕉树的树叶下。不过此刻它浑身上下都被打湿了，肚子也有点饿了，它真的是又冷又饿。但是此刻它一点办法也没有。

小豆豆在心里暗暗地对自己说道："以后可一定要多听一听朋友们的劝告。"

可是它刚这么想，随着一阵大风，地上的水越来越多，也越来越急，突然一个大浪涌了过来，一下子就把小豆豆冲到了河里。

小豆豆在河里一起一落，沉沉浮浮，拼了命地挣扎，肚子里还灌进了不少的水，看上去危险极了。

小豆豆心里想：可惜世界上没有后悔药可以吃。当小豆豆快绝望的时候，一个大大的椰壳漂了过来。原来是一只调皮的螃蟹，它把里面的椰子肉都吃光了，只剩一个空壳，就像是一条船一样漂浮在河面上，当椰壳船路过小豆豆身边的时候，一个巨大的螃蟹钳子从椰壳船里伸了出来，把小豆豆夹到了小椰壳船里。

## 五

小豆豆进了小椰壳船，小船一阵晃荡，在河边看去，小椰壳船就像是一个不倒翁在水面上一摇一晃。

小豆豆在椰壳船里脸都红了，不好意思地说："谢谢螃蟹兄弟！"

紧接着，小豆豆好奇地打量起螃蟹来。

看着螃蟹有八条腿，还有两个大大的钳子，小豆豆好奇地说道："你的腿真多！我都快数不清了。还有你那两个大钳子能夹核桃吗？"

螃蟹听了哈哈大笑起来："果然是一个天真可爱的孩子啊。我的腿一点都不多，蜈蚣的腿才多呢！我的钳子是我的筷子，吃饭用的，可不能去夹核桃。"

接着螃蟹又问道："你这是要到哪里去呢？"

小豆豆回答道："我还不知道呢，只知道是一个草美、水美的地方，也许还是风儿的尽头。"

螃蟹说道："草美、水美的地方就在水下呀！我在水下的洞穴你要下去看看吗？"

小豆豆赶紧摆了摆手："哦！不用！不用！我怕水呢！"

螃蟹用它的钳子拍了拍自己的头说："我差点忘了，不是所有的动物都喜欢在水里生活的。"

螃蟹一边拍头，另一只钳子不知从哪里拿来了一条毛巾，像是变魔术一样，又对小豆豆说道："把身上的水擦一擦吧，身上被雨水打湿了，很容易感冒的。"

螃蟹接着说道："下大雨后，我的家门口肯定冲来了许多淤泥、小石头等乱七八糟的东西，我现在要回去看一看，整理一下。小豆豆再见！"

说完螃蟹一跃，便从椰壳船里跳入了水中，消失不见了。

小豆豆刚接过毛巾，正准备说"谢谢"呢，可是螃蟹居然说走就走。"真是一个急性子！"小豆豆心里想。

这时，小豆豆从椰壳船向外望去，小船的四周是一个湖泊，不过从椰壳船里看，也有点像身处一片汪洋大海之中，雨水倒是差不多停了，只有三三两两的小雨点落了下来，在湖面上砸出一个又一个小小的涟漪。

椰壳船在水面上漫无目的漂来漂去，过了一会儿，小豆豆心里想：我还是要到陆地上去呀，可不能一直待在水面上啊。

可是小豆豆不会划船，更何况连划船用的桨都没有啊。

不过小豆豆是一个聪明的孩子，它从水面上捡到了两片树叶，又捡了两根小树枝，小豆豆把树枝插在了椰壳船上，然后又把树叶穿在了树枝上，这样椰壳船就变成了一个小帆船。它刚刚把树叶挂好，便有一阵小风吹来，推动着椰壳小帆船缓缓地向远方漂去。

小豆豆满意极了，它把毛巾铺在船内，然后就舒舒服服地躺在上面，心里还高兴地想着：风儿也许还会把椰壳小帆船带到风儿的尽头！那里也许会是水美、草美的地方！

小豆豆这样想着，因为它已经劳累了半天，也有点困了，它在椰壳小帆船里伸了个懒腰，舒舒服服地睡着了。

小豆豆也不知道睡了多久，突然椰壳船有点晃荡。

小豆豆还迷迷糊糊地听见有人叫它。

"小豆豆！小豆豆！快醒醒。"

　　小豆豆醒了过来，它把头伸出船外，只见摇船的是几条小金鱼，其中最美丽的一条小金鱼对小豆豆说道："小豆豆，前面有一个断崖，河流在那里形成了一个大瀑布，可危险呢！"

　　小豆豆往船外仔细一看，果然河流变得越来越急，到了远处像是凭空消失了一样，远处不仅传来了瀑布冲击岩石的巨大声响，还可以隐隐约约看见河水冲击岩石形成的巨大水雾。

　　小豆豆着急了："这可怎么办呢？"

　　美丽的小金鱼说道："可惜椰壳船不能停下来！"

　　接着它说道："我们可以去搬救兵！"

　　另一条小金鱼接着说道："前面的河道上有一根小树枝，小豆豆你看看能不能抓住它。"小豆豆看了看，随即摇了摇头说："不行！那树枝太高了，我个子矮，够不着。"

　　小豆豆刚说完，前方的树枝里传来了一个瓮声瓮气的声音：

　　"到底是谁在那儿？你们怎么会来这儿？"

　　小豆豆随即着急地说道："我是小豆豆！我下雨天出门被困在了船上，又不会划船，马上就要掉到瀑布下面去了！"可是却看不见任何东西，仿佛就只有一根树枝而已。

　　小豆豆想了想又说道："你能帮忙让船停下来吗？"

# 六

那根树枝里又传来了说话声："这个实在是太容易了！"

当小船经过树枝的时候，一只小蜘蛛从树枝里探出头来，顺着一根细细的蛛丝爬了下来，当小船经过的时候，小蜘蛛从口袋里掏出一根蜘蛛丝，绑在了椰壳船的那两根小树枝上面。

小豆豆看到小蜘蛛又黑又瘦又小，并且蜘蛛丝细细的几乎看不见，不由得非常担心道："这么细的蜘蛛丝能够拉得住吗？"

小蜘蛛绑好丝，又沿着细细的蜘蛛丝爬了回去。它一边爬一边自信地说道："一根就够了！"

随着船往下游漂去，蜘蛛丝也被拉得笔直，把树枝都拉弯了，像是在钓鱼一样，可是蛛丝就是没有断，把小船牢牢地固定在水面上。

小豆豆心里想：啊，小蜘蛛是那么小，蜘蛛丝又是那么细，可是一条小船轻而易举就被它固定住了！

"谢谢你！"小豆豆说道。

小蜘蛛又四处查看了一下，喃喃地说道："我还是再加一根丝绑在树枝上好了。"说完，小蜘蛛又忙碌了起来。

原来，小蜘蛛还是一个细心的好孩子。

船儿停了下来。

可是叫谁来帮忙呢？小豆豆又犯愁了。

一条小鱼托着腮帮子想了想："要不叫大象吧！大象的力气可大了！不行……这里的水太深太急了！"

接着大家想到了好几个朋友，可是似乎没有一个能帮得上忙的。

正在大家想办法的时候，一只绿头苍蝇飞了过来，看到小豆豆被困在了船上，绿头苍蝇一边飞一边捧着肚子哈哈大笑："真是笑死我了，小豆豆被困在船上了！"

说完还幸灾乐祸地绕着船飞了好几圈才离开。

大家都很生气，可是没有办法，毕竟谁都不会飞。

小蜘蛛在一旁看到了，拍了拍手，说道："有办法了！"

说完小蜘蛛又开始忙碌起来。

小豆豆仔细看去，原来小蜘蛛在树枝和船之间织了一张圆圆的蜘蛛网。

网织好没多久，绿头苍蝇又飞了回来，不过这次还没来得及说上几句风凉话，便一头撞在了蜘蛛网上，它试着挣扎了几下，没想到越挣扎越紧，很快绿头苍蝇便动弹不得，被牢牢地固定在了蜘蛛网上。

看到慢慢爬向它的蜘蛛，绿头苍蝇吓得脸都白了，赶紧求饶道："好汉饶命！好汉饶命啊！"小金鱼和其他小鱼看见了纷纷拍着巴掌叫好，纷纷说道："绿头苍蝇平时就坏透了。""不能饶它！要给它一点教训。""对！对……"

小蜘蛛笑着道："绿头苍蝇虽然平时做了不少坏事，但是

它也可以做好事的。"

绿头苍蝇赶紧不停地点头道："对！对！对！我也可以做好事的。不知道需要我帮忙做什么呢？"

蜘蛛不紧不慢地说道："你会飞，正好去送信，说小豆豆被河流困住了，需要帮助。"绿头苍蝇说道："我愿意帮忙，我愿意帮忙！赶快给我松绑吧！蜘蛛丝把我勒得浑身都疼。"小蜘蛛对着蜘蛛网吹了口气，蜘蛛网便从绿头苍蝇身上脱落了。

绿头苍蝇刚刚得到自由，便恶狠狠地说道："傻瓜才愿意送信呢！"

小蜘蛛警告道："绿头苍蝇！你要是言而无信，我就叫我的兄弟们在森林里结下天罗地网，让你寸步难行！"

绿头苍蝇吓得一哆嗦，它可不敢得罪这只让它吃了苦头的蜘蛛，要知道，蜘蛛可是它的克星呢，要是蜘蛛真的在森林里结下天罗地网，那自己绝对过不上好日子，绿头苍蝇赶紧收起它趾高气扬、不可一世的样子，老老实实地说道："好吧！我这就去送信！"

绿头苍蝇这下老老实实地去送信了。

可是它飞到森林中却犯迷糊了，因为它从没送过信，也不知道该送给谁，正当它不知所措的时候，有一只鸽子，正好从它的上方飞过，它赶紧叫道："鸽子先生！鸽子先生！请停一下！我有一封信不知道怎么送，你能帮帮我吗？"

鸽子立刻停了下来，好奇地问道："你的信要送给谁呢？"

绿头苍蝇摇头道："不是我的信，是小豆豆的，它被困在河中央了，需要大家的帮助。"鸽子听完后说："哦，那你还真是找对了人。"

绿头苍蝇没想到这么轻松就完成了任务，高兴地说道："那我们赶快去救小豆豆吧！"

## 七

鸽子摇了摇头："虽然我不会救人，可是我们鸽子天生就是送信的好手，即使飞得再远，也不会迷路。"

绿头苍蝇说："你是这方面的专家，那这件事就交给你了！"

鸽子拍了拍胸口说："没问题！"

于是绿头苍蝇高兴地飞了回去。它平时做了许多坏事，突然觉得做好事让它感觉心里特别舒服。

绿头苍蝇回到了椰壳小帆船，把事情的经过向蜘蛛汇报了一下。

蜘蛛听完后，对绿头苍蝇说道："虽然你没有找到帮手，可是这件事情你办得很不错。"

绿头苍蝇说："那我自由了吗？"

蜘蛛说："当然可以了。"

绿头苍蝇正准备飞走，突然它好像想起了什么，它又问道："鸽子会把信送到吗？它会找谁帮忙呢？会不会言而无信，不去找朋友来呢？"

蜘蛛说："平时你都不喜欢做好事，也不爱学习，关键的时候什么都不懂，要知道鸽子不光是森林里送信的高手，它还是言而有信的君子，答应过别人的事情，就一定会办到。"

绿头苍蝇有点不信道："不见得吧。"

蜘蛛见绿头苍蝇不信，就说："如果给你一千两黄金，还有一个叫作'季布'的承诺，这两个你只能选一个，你会选哪一个呢？"

绿头苍蝇说道："那当然是黄金千两了，金灿灿的，想想都美！"

蜘蛛笑了笑："黄金千两，不如季布一诺。绿头苍蝇你还是回去多读读书吧！"

绿头苍蝇听了脸都有点红，它立马飞走了，它决心回去好好看书。它刚起飞，就看到鸽子远远地飞了过来，身后还跟着一只大雁。

绿头苍蝇一边飞一边还在想："哎呀，鸽子送信还真的是快，一定是当作加急信送的。"

鸽子是森林里的邮差，它刚把大雁带到，就飞走了。它实在是太忙了，因为它的工作很重要，有许许多多的信件和包裹都等着它去处理。

小豆豆看到大雁后，反而有点难为情，脸也有些红了，不过它还是对大雁的到来表示感谢："大雁，大雁，太谢谢你了！"

大雁好奇地问："小豆豆，你怎么到河中间去了？"

種子

小豆豆把事情的前因后果详详细细地说了一遍，然后又小声地说道："真是不好意思！给大家添麻烦了！"

大雁听了哈哈大笑，对着小豆豆说："唉！你真是一个调皮的孩子。"

小豆豆不好意思地挠了挠头，大雁接着问："你到底想去哪儿？水美、草美的地方有很多，风儿的尽头我是不知道，我们每年都是在追赶风儿。"

大雁说："冬天马上就要到了，我们要飞到温暖的南方去。"

小豆豆问："那我能和你一起去南方吗？"

大雁说："不行，我已经掉队了，再带上你，我就没法在天黑前赶上大部队了。不过我还是可以先带你去一个水美、草美的地方。"

小豆豆听大雁说不能带它去南方，又有点小小的失落。

大雁看到小豆豆一脸委屈的样子，又说："等明年春暖花开的时候，我会尽快赶回来，到时一定来看你。"

这时，遥远的天空上，大雁们正排着一个笔直的"一"字向南飞翔，过了片刻又变成了一个大大的"人"字。

大雁看了看天空，大声地说道："小豆豆坐稳了，我要把小帆船抓起来了。"随着它挥动有力的翅膀，在空中盘旋了几次，看准了角度，俯冲了下来，快要贴近水面的时候，大雁两只强有力的爪子往水面一探，小船就被牢牢地抓住了，然后一下带离了水面。

小豆豆把头探出椰壳船外。

随着大雁越飞越高，椰壳船离河面越来越远，看上去河也变得越来越小了，慢慢地变成一条细线，随后越来越模糊，直到最后消失不见了。

大雁越飞越高，周围刮起了清凉的风，白云也越来越多，开始是一两朵，后来众多的云朵聚集在一起，把整个天空都铺满了。

白云很调皮，它们有时候会在空中手牵着手做游戏，变成各种各样的形状，比如有时像一头牛，有时像一棵树，有时像一匹奔跑的骏马，有时像一朵浪花……

小豆豆看了一会儿，突然发现云朵的空隙中出现了一块白色的斑点，于是它好奇地问道："大雁！大雁！那是什么呀？"

## 八

大雁顺着小豆豆手指的地方看了过去，说道："哦，那里是一片戈壁沙漠，缺水少土的，有好多沙子，是人烟稀少、荒芜的地方。不过我们马上就要到达我说的目的地了，一个水美、草美的地方。"

小豆豆问道："我能下去看看吗？我有点害怕。"

大雁说道："当然可以。穿过这个沙漠，有一个大大的湖泊，那里就是一个水美、草美的地方，正好也是我们所要到达的地方呢。"

随后大雁越飞越低，白色的斑点也变得越来越大，还真的是一片一眼望不到边的、十分荒凉的沙漠。小椰壳船也被大雁稳稳地放在了沙漠的边缘。

小豆豆接着又问道："那我能自己走过沙漠吗？"

大雁说道："当然可以！不过你需要带够粮食和水，还有在沙漠里很容易迷路，最好带上指南针，万一迷路了，白天的太阳、夜里的北斗七星和月亮都会为你指明方向的。"小豆豆看了看天边，对大雁说道："大雁，大雁，辛苦你了，你还要去追赶大部队呢！剩下的路，就由我自己来走吧！"

大雁看了看天色，说道："好吧！如果你觉得穿越沙漠太危险，也可以找一个向导，沙漠里的骆驼，它们总能够找到正确的方向。"

大雁说完就飞走了，小豆豆看着大雁越飞越远的背影，忍不住地大声喊道："谢谢你！大雁！"

小豆豆目送大雁远去，突然看到一条小蜥蜴从椰壳船旁经过，看样子是准备到沙漠里去的。小豆豆看见了马上叫道："蜥蜴啊！蜥蜴！沙漠里面很危险呢！尤其是晚上，很黑，很容易迷路的。"

小蜥蜴停下脚步说道："谢谢你的提醒，不用担心，我的家在沙漠里面。"

小豆豆好奇地问道："你怎么会把家安置在荒芜的沙漠里面呢？要知道，穿过这片沙漠，有一块水美、草美的地方呢，你为什么不在那里安家呢？"

　　小蜥蜴认真地答道："以前这里曾是一个水美、草美的地方，可是后来由于人们过度放牧，滥砍滥伐，使这里水土流失，所以许多的人和小动物都离开了这里，以至于变成了现在这个样子。可是，这里是我的家乡，我不能离开它。"

　　小豆豆问道："你能带我到你的家去看看吗？"

　　小蜥蜴高兴地说道："当然可以！我们现在就走吧！太晚了天就黑了，就不好赶路了。不过天黑了也不要紧，因为北斗七星和北极星会为我们指路的。"

　　小豆豆接着说道："还有骆驼和太阳！"

　　小蜥蜴说道："你真聪明！可是晚上没有太阳呀！"

　　小豆豆不好意思地摸了摸头："哦！我也是刚刚听大雁说的。"

　　小蜥蜴说道："没关系！善于学习的孩子都是好样的！到了晚上我来教你怎么辨认方向。"说完，小蜥蜴便领着小豆豆向沙漠深处走去。

　　天快黑的时候，它们走到了一片低矮的灌木丛前，小蜥蜴指着灌木丛下面一个不太明显的小洞说道："这里就是我的家。"此时，天上的星星已经隐约可见了。

　　小蜥蜴接着为它指明了北斗七星的位置，然后说道："你看北斗七星是不是像一个勺子？我的家就在那个勺柄的下面。最大最亮的那颗星星就是北极星了。"

　　小豆豆看了看天，又看了看地上的灌木丛，一下子就学会了，它高兴地对小蜥蜴说道："我知道了！谢谢你！"

这对于小豆豆来说确实值得高兴，因为这意味着它晚上再也不怕迷路了，即使天上的星星不说话，它也能够找到方向。

小蜥蜴见天色已晚，月亮已经冒出了头。就对小豆豆说道："沙漠的夜晚有点冷，小心感冒，我们还是到家里去吧。"

于是小豆豆跟着小蜥蜴往洞穴里走去，洞里面每隔一段路就有一个小洞通往外面，这样既可以让外面的月光照进来，又可以通风。和外面不同的是，洞里有点潮湿，小蜥蜴解释道："其实沙漠地区也会下雨的，只不过雨水在地面上留不住，都渗过沙子，到地下来了。"

# 九

小豆豆惋惜地说道："哦，要是雨水能停留在地面就好了，这样沙漠就不会干旱了。"小蜥蜴接着说道："要是地上再有一条波光粼粼的大河就好了！还会有很多的树木！这样，雨水也会多起来！"

小豆豆说："这样就会有许许多多的小鸭子在水面上游来游去。"

小蜥蜴说："水里面还会有许许多多漂亮的金鱼，自由自在地在水里游来游去。"

小豆豆说："还有螃蟹。"

小蜥蜴说："对！"

小豆豆说："还有草鱼、鲤鱼、金龙鱼，对了，还有泥鳅。"

小蜥蜴说："有芦苇。"

小豆豆说："有大雁。"

小蜥蜴说："有蜻蜓。"

小豆豆说："有蝴蝶。"

小蜥蜴说："岸上还有很多树，有柳树、桉树、榆树、白杨树，各种各样的树。"

小豆豆说："岸上有花，牡丹花、菊花、金银花、玫瑰花，各种各样的花。"

小蜥蜴说："花边有草。"

小豆豆说："草里有蚂蚁。"

小蜥蜴说："草里有蟋蟀。"

小豆豆说："草里有一条小蜥蜴。"

小蜥蜴说："蜥蜴旁边有一个小豆豆！"

小豆豆说："不会有蚊子！"

说完，小蜥蜴和小豆豆都笑了起来，笑声在空旷的沙漠里传了很远很远，浓浓的月色也降临在这块古老而苍茫的土地上，很快，小蜥蜴和小豆豆都困了，天也越来越黑，它们终于沉沉地睡着了。

第二天一早，小蜥蜴和小豆豆醒来，走出洞口一看，洞门口又多了一些沙子。

原来昨天晚上刮了不小的风，把沙子吹得到处都是，它们再次走到椰壳船边，发现就连椰壳船里都装了不少的沙子。

　　小蜥蜴听说小豆豆要独自穿越沙漠，就决定把自己的东西都送给小豆豆。

　　穿越沙漠需要不少的装备，除了带上充足的粮食和水，还需要许多日常生活用品，因为物品较多，小蜥蜴决定带着小豆豆一起改造椰壳船。

　　首先它们将椰壳船里面的沙子打扫干净，把里面打磨光滑，光滑得像镜子一样，又简单地粉刷了一遍，还在椰壳船上开了一扇窗户，干完活，小豆豆特别累，脸上还粘着不少的涂料，可是当它看着改装好的漂亮的椰子小屋，心里特别高兴。

　　但没过多久小豆豆有些犯愁了，在穿越沙漠的旅行中，小船实在是太大了，如果再装上行李，肯定很沉很沉。

　　以小豆豆现在的体力，只能勉强在沙漠中拖着椰子小屋前行。

　　小豆豆又试着拖动了一下椰子小屋，结果，沙子又松又滑，小豆豆使出了吃奶的力气才移动了几小步，它无奈地对着小蜥蜴耸耸肩说："太重了，走不动，除非装上马达。"

　　小蜥蜴听后眼前一亮，拍着手说道："有办法了，小豆豆你稍等一会儿，我马上就回来！"小蜥蜴立刻飞快地向自己家的方向奔去，只见小蜥蜴将两个前爪抬了起来，后腿则在沙漠上面奔跑，留下了两行浅浅的足迹。不一会儿，它带来了一个大包袱。

　　小豆豆打开包袱一看就明白了，不禁对小蜥蜴伸出了大

拇指,赞道:"小蜥蜴,你真聪明!"小蜥蜴带来一个打气筒,很多五颜六色的气球和一些结实的绳子,原来小蜥蜴想用气球把椰子小屋吊起来。

说干就干,小蜥蜴和小豆豆心往一处想,劲往一处使,很快用绳子把小房子绑好了,把打好气的气球又绑在了绳子上面。

随着小气球越来越多,小房子也慢慢地被带离了地面,也像一个气球一样飘了起来。小蜥蜴随即把打气筒交给小豆豆说:"中间有一个气球特别大,如果你要上升你就多打点气,如果要下降你就把气放掉一点,这样你就可以随着风轻轻松松地穿越这片沙漠了。"

小蜥蜴说:"哎呀!我都想坐上这个椰子小飞艇穿越沙漠,到天空中去看一看了!"

小豆豆说:"这个太容易了!这里离你家不远,我们一起乘上飞艇,坐上这个飞艇,很快就能到你的家了!"小豆豆想了一个一举两得的好办法,既能让小蜥蜴坐上飞艇,又可以检验椰子飞艇的实用性。

小豆豆和小蜥蜴都进入了椰子小飞艇,随后小蜥蜴和小豆豆一起给气球打气,随着中间的气球慢慢地鼓了起来,椰子小飞艇也缓缓地飞离了地面,慢慢地升到了半空,越来越高。

"太棒了!好美啊!"小蜥蜴陶醉地看着艇外的景色,不住地赞叹着。

种子

十

"看！你的家在那儿！"小豆豆指着飞艇下面的一排灌木丛对着小蜥蜴说道。小豆豆又接着说道："你看！从天空中看去，它就像一株小草！"

小蜥蜴说："嗯！真像！"

小蜥蜴从来都没有到过这么高的天空看景色。小豆豆呢，以前还有点怕高，但这一次它感觉好多了，窗户给了它一种安全感，就像第一次乘坐蒲公英降落伞那样。

小蜥蜴和小豆豆的两个小脑袋挤在窗前，贪婪地欣赏着窗外的大漠美景。

过了好一会儿，椰子飞艇在微风的吹拂下缓缓地向大漠深处飘去，小蜥蜴又检查了一下绳子和气球的安全性，才将飞艇的高度缓缓放低，它对着小豆豆说道："我到家啦，不能再往沙漠深处去了。"话音刚落，小飞艇就不偏不倚，降落在了小蜥蜴的家门口。

"你等我一小会儿！"小蜥蜴一边打开椰子飞艇的小门一边说道。随后它还细心地把绳子固定在旁边的灌木上面，不让风儿把椰子飞艇刮走，然后又到洞里搬出来好多好吃好喝的，一股脑儿全放在了椰子飞艇上。

小豆豆感动极了，它给了小蜥蜴一个大大的拥抱："谢谢你！东西实在是太丰盛了，感谢你帮了我这么多！"

小蜥蜴把绑着椰子飞艇的绳子一松说:"这没有什么,朋友之间应当互相帮助。还有,祝你梦想成真!一路顺风!找到那个水美、草美的地方!"

小豆豆说:"嗯!一定!也希望你一切顺利!"

小飞艇越来越高,小蜥蜴也变得越来越小,后来逐渐看不见了,小豆豆才把目光收回到飞艇内部来,它看了看,深吸了一口气,在镜子前认真地对着自己说道:"小豆豆,以后就要靠你自己了。"

接下来,小豆豆检查了一下绳子的安全性和飞艇的高度,它又想了想,把气球的气放掉了一些,降低了一点高度。因为它知道,飞艇飞得很高虽然很酷,但要是遇到大风会很危险,它想更好地看一看沙漠的内部到底是什么样子的,如果遇到合适的地方,它打算把椰子飞艇降落到地面,安营扎寨,让自己好好地休息一下。

不过椰子飞艇很难在空旷的沙漠中停留,除非没有一丝风。它仔细观察了一下这片沙漠,发现还是有一些早已枯萎的树桩,有的裸露在沙漠表面,有的被风沙埋藏得只剩下了一小节树尖,而这些都有利于椰子飞艇的停留。

小豆豆的椰子飞艇像一个小精灵一样,飘浮在沙漠的上空,缓缓地飘荡着前进,它的下方是绵延不绝的沙丘,有的地方风儿把沙子吹到一起,形成了一座沙山,一座座的沙山连接起来,起起伏伏,一眼望不到尽头。

小豆豆见了,心里有点难过,它的认知里土地应该是一片森林连着一片森林，应该是树挨着树，大树的下面应该有草，山与山之间应该有一条条波光粼粼的小河在不停地流淌，反正就不该是现在这个样子的，没有水，没有一丁点的绿色，只有漫天的黄沙，连风里都夹着细细的沙子。

突然，沙漠的沙脊上出现了一峰骆驼，驼峰上挂着不少的行李，它的脖子上还挂着一个驼铃，随着骆驼的脚步一摇一摆，清脆悦耳的驼铃声在空旷、荒芜的沙漠里面显得格外韵味悠长。

突然看到沙漠中出现了一峰骆驼，小豆豆非常高兴。这样，旅途中不仅有了一个伴儿，还因为它听大雁说起过，沙漠中的骆驼总能找到正确的方向，而不用担心迷失方向，尽管风儿会把它带到想要到达的地方。

小豆豆慢慢地控制着椰子飞艇到达骆驼的身旁。骆驼也发现了它的小飞艇，等到小豆豆靠近的时候，骆驼对着小豆豆说道："这不是小豆豆吗？真聪明！这个穿越沙漠的办法真好！不过要小心龙卷风呢！"

小豆豆好奇地问道："咦？你怎么会知道我的名字呢？"

骆驼听了以后笑道："我当然知道了，有一个调皮的小豆豆，它是坐着蒲公英的降落伞到达地面的，它在森林里还遇到了大水，然后它乘坐螃蟹的椰子小船，还被困在了小河上，是大雁把它带到了沙漠的边缘。"说完还对小豆豆挤眉弄眼。

小豆豆说道："没错，后来我又碰到了小蜥蜴，是它想的这个好办法，否则我真的很难一个人穿越这片沙漠呢！"

# 十一

"对了，沙漠中最令人头疼的就是酷热和风沙了，小蜥蜴当时看到我路过沙漠，它叮嘱我如果在路上遇到你，拜托我一定要照顾一下你呢。因为也许会碰到龙卷风。"骆驼停顿了一下，继续说道，"那我们就一起吧。"

小豆豆："那可真是荣幸之至！可是我的椰子飞艇呢？"

"那都不是事儿，和我的货物放在一起吧。"骆驼轻描淡写地说道。

这时，小豆豆才发现骆驼的驼峰两边放着好多货物。骆驼的脚掌虽然只有两个脚趾，可是脚掌又厚又大，脚底有宽厚的肉垫，根本就不怕沙漠中被太阳晒得滚烫滚烫的沙子，走路时两个脚趾分开，这样保证了脚掌在沙漠行走时不陷到沙子中去。

骆驼的两只大眼睛有着双重的眼睑和浓密的长睫毛，一点都不怕沙子。风沙很大的时候，它的鼻子还能够像眼睛一样闭合，以便抵御风沙。

小豆豆好奇地问道："骆驼先生！您被称为'沙漠之舟'，除了在沙漠里不会迷路以外，听说您还能一个星期不吃不喝，这是真的吗？"

骆驼说："是的！没错！"

小豆豆说："哦！太神奇了！你是怎么做到的呢？"

骆驼说："哦！我把营养物质都储存在了驼峰里面呢，在脂肪里面，就像北极熊一样，北极熊冬眠的时候，可以一个冬天不吃不喝呢。唉！北极就是太冷了，冰天雪地会把你冻坏的，否则一定带你去好好看看，去看看北极的冰川和北极熊。"

小豆豆说："也许等我长大了就可以了。"

"哈哈！"骆驼听后高兴地笑了，但是风沙变得大了起来，骆驼先生只是微笑了一下，如果张开嘴大笑的话，风沙会完全钻到嘴里来。"当然可以！难怪你在森林里挺招人喜欢的，调皮可爱的小豆豆！"

骆驼先生看了看越来越大的风沙，接着对小豆豆说道："不过现在你可要抓紧时间呢，看上去马上要有一场大风暴呢！"

小豆豆看着绑在骆驼身上的椰子飞艇被风吹得左摇右摆，心里暗暗庆幸自己多亏遇到了骆驼先生，它不光能带领自己走出沙漠，特别在这种危险的天气下，骆驼先生这种遇到危险不慌不忙的气质就让人觉得特别舒服。

小豆豆说："一定会的，我吃的喝的全在里面呢。"

骆驼先生回过头来，看到小豆豆正在认真地整理它的椰子飞艇，小飞艇几下就被牢牢地固定住了。骆驼先生对着小豆豆说道："小豆豆你还是到椰子飞艇里面吧！等下外面的风沙会越来越大，我可不能分心来照顾你了。"

骆驼先生已经选择不再行走了，四个脚掌牢牢地"钉"在沙子里，它选择仰起头，眯着眼，像是在藐视这个风暴天气一般。

小豆豆说："骆驼先生！这个风暴天气常见吗？"

骆驼："嗯！一年总有这么几回，今天也算是碰巧赶上了。"骆驼先生接着道，"就是现在，到我的包裹中，或者到椰子飞艇里面，在这样的天气里，说不定还会有一场龙卷风呢！"小豆豆看着远方袭来的风沙，像是天上滚滚袭来的乌云，落到了地面后被平推，滚滚袭来的沙尘暴后面仿佛隐藏了千军万马，天空也变得昏暗起来。

小豆豆立马顺着绳子爬到椰子飞艇里面，关好门窗，透过窗户开始观察外面的世界。

窗子外面的天灰蒙蒙的，随着大风沙的袭来，天色也变得更昏暗了，本来还是白天却变成了昏黄的下午，虽然能见度很低，但还是能够看见远方有龙卷风缓缓地形成，一些杂物围绕着龙卷风慢慢地旋转。

小豆豆的小飞艇也剧烈地摇晃着，犹如身处惊涛骇浪的大海中，小豆豆不禁有点脸色发白：如果没有骆驼先生，自己很有可能被卷入可怕的风暴中，自己的椰子飞艇在这个环境中实在是太渺小了，肯定也会被大风吹到龙卷风中，那龙卷风的名声实在是太坏了，而自己的椰子飞艇也会像一片树叶一样，像一个玩具一样，被龙卷风一吹，围绕着龙卷风不停地转啊转，等到龙卷风玩累了，精疲力竭才停止不可。

## 十二

窗子外的龙卷风可怕极了，像是一个顶天立地的风巨人，它张牙舞爪，对看到的一切都肆意破坏和玩弄。这如同末日一般的景象完全是由龙卷风巨人带来的，小豆豆心里在暗暗地祈祷：龙卷风啊！你就快快过去吧！千万不要到我们这里来！

可是事与愿违，龙卷风显然发现了骆驼，它恶狠狠地对着骆驼说道："又是你！沙漠之舟！这次我一定要叫你好看！"小豆豆的脸色有点发白，被吓得呆住了，在椰子飞艇里面一动也不敢动。

骆驼说："哼！尽管来吧！我们骆驼'沙漠之舟'的称号可不是浪得虚名，别人都惧怕你的威能，可是我一点都没有把你放在眼里呢，有本事就来一较高低。"骆驼依旧把头颅抬得高高的，对着天上的龙卷风巨人说道。骆驼先生一边说，一边把脚掌扎进沙子里，像是生了根一般牢固。

虽然骆驼和龙卷风相差悬殊，加上龙卷风夹杂着风沙，威力更是惊人，更何况随着时间的推移，龙卷风的威力还会越来越强！但是龙卷风显然拿骆驼一点办法也没有。

于是龙卷风开始调集它所有的力量向骆驼身上的货物刮去，并且大声地叫道："我虽然奈何不了你！但我可以把你的货物刮走！"

　　于是它把目标放在了绑在骆驼身上的椰子飞艇上，用力地撕扯和摇晃。

　　小豆豆刚看到龙卷风的力量时吓得浑身发抖，可是当看到龙卷风居然最先对着椰子飞艇动手就愤怒了。小豆豆愤怒的内心战胜了恐惧，它从地板上一跃而起，对着窗外的龙卷风大声地吼道："啊！你真卑鄙！"声音穿过了小窗，也穿透了层层的风沙。不知道为何，龙卷风得意忘形的脸上开始显现出惊恐，露出害怕与痛苦的神色道："啊！到底是谁在那儿？"边说边捧着头说道，"啊，真的是太可怕了！"然后头也不回地走掉了。

　　龙卷风说来就来，说走就走了，来得快，去得也快。

　　天空很快就明亮了起来，骆驼把它深埋在地下的脚掌拔了出来，然后一边抖了抖身上的沙子，一边对着小豆豆说道："小豆豆，真谢谢你！"

　　小豆豆好奇地问道："为什么要谢谢我呢？我还没有感谢你来照顾我呢！"骆驼先生眨了眨眼睛说道："孩子！龙卷风是被你赶跑的呀！它惧怕你呢！"

　　小豆豆说："它怎么会惧怕我呢？龙卷风是那么大！有天那么高！有地那么大呢！"小豆豆疑惑地说道。

　　骆驼说："它怕你！那是因为你血液里的东西！龙卷风虽然看上去强大，但是你只要成长起来就是它的克星呢！因为你是树母亲的儿子呀！哪怕只是幼年的你一个声音，对于龙卷风来说，就好比耗子听见了猫的叫声，非吓个半死不可！"

骆驼先生接着说道："龙卷风虽然奈何不了我，可是它会把我的货物都刮走的，龙卷风没有想到的是，它会在沙漠里面碰到它最不该碰到的东西！"

小豆豆一时间还没有回过神来："你是说我能够战胜龙卷风先生？"

骆驼说："是的！小豆豆，你首先战胜了恐惧，敢和它对话就非常了不起！"

"可我当时只是怕它弄坏我的椰子房子！"小豆豆认真地回答。

"哈哈！"骆驼先生大笑起来，接着又对小豆豆说道，"龙卷风虽然强大，但那只是表面上的，它奈何不了内心真正勇敢的人。所以，只需要自己强大起来，就是战胜敌人的一切法宝！"

小豆豆问："那龙卷风先生还会再回来吗？"

骆驼说："短时间也许它是不会回来了，它总是来无影，去无踪，说来就来，说走就走。不过现在，我们另一个更为强大的敌人就要出现了。"

小豆豆接着问："哦？那是谁呢？是狼先生吗？"

骆驼说："狼虽然可怕，但是它到不了沙漠的腹地来，它见了沙子脚都是软的。"小豆豆又问："是老鹰吗？"

## 十三

骆驼说:"老鹰虽然有翅膀,可是它最怕龙卷风了,它也不会到沙漠来。"

小豆豆说:"我知道是谁了,它是太阳,也可以说是自己。"

"小豆豆真聪明!沙漠里面没有阴凉的地方,又没有水,太阳虽然平时没有害处,可是只要在沙漠里面行走久了,是最为可怕的东西。"骆驼先生接着说,"沙漠里面没有水,这是最可怕的,太阳出来后天气会很热,容易口渴。沙漠里面,也并不是不下雨,只是下的雨水又立马渗到沙子里面去了。"

因为没有龙卷风,天空开始慢慢变得清澈起来,天上只有一些零星的云朵。小豆豆抬头看了看天,太阳正躲在云朵的后面,小豆豆于是说道:"如果想要阴凉的天气,看来非得靠云朵不可。"

骆驼也看了看天空,恍然大悟道:"云朵一定是听说沙漠里面来了一粒种子,过来帮忙把太阳遮挡一下呢!"

"那真是太谢谢了!不过太阳对于种子来说,远远没有那么可怕,它甚至可以拥抱阳光,以前有一个萤火虫阿姨,它也是赶了老远的路,过来帮助过我呢。""谢谢啦!"小豆豆打开窗子对着天上的白云大声地说道。

"不过我又长大了许多,我以后会自己照顾好自己的。"小豆豆对云朵喊道。

云朵显然不会说话，因为它们要吃力地对抗来自天上的风，它们努力在天上变成了一个心形，随后又被风儿吹散了，飘向了远方。

随着云朵的离开，太阳开始发挥出威力来，整个沙漠都是热腾腾的，小豆豆的椰子飞艇里面就更热了，像一个蒸笼一样，小豆豆顺着绳子爬了出来，来到了椰子飞艇的阴凉处，抱着水壶，躺在骆驼的身上，再也不愿意动弹了。

看到骆驼先生依旧不紧不慢地赶路，小豆豆不禁赞叹道："骆驼先生你真的是太厉害了！这种天气你都不怕！为什么你不白天休息，晚上用来赶路呢？"

骆驼回过头来："因为我们是沙漠之舟呀！白天更容易辨别方向，沙漠之中不仅有风沙、酷暑，还有漫长的旅途，就连我们骆驼也不敢停留太长的时间，所以我们要选择日夜不停地赶路。"

"哦！"随着正午的到来，小飞艇内的温度越来越高，小豆豆懒洋洋地躺在骆驼的背上说道。

"那我们快到沙漠的边缘，那个水美、草美的地方了吗？"

"快到了，要是走得快，天黑之前就能到达呢！小豆豆你睡上一觉，也许你睡上一觉，醒来的时候就已经到达目的地了呢！"

"好吧！"

骆驼的步伐又快又稳，像一个摇篮一样。小豆豆感觉有点困，它刚说完，眼睛就睁不开了，于是就在骆驼的背

上睡着了。

不知道睡了多久，小豆豆伸了个懒腰，打了一个大大的呵欠，看到了一个大大的湖泊，湖泊边有树、有草、有牛、有羊……

小豆豆高兴地对骆驼说道："骆驼先生！我们到了！这真的是一个水美、草美的地方！"

骆驼先生看了看前面，回过头来对着小豆豆笑道："小豆豆！你看到的确实是我们要去的地方，不过还有小半天的路程呢！你看到是海市蜃楼！"

小豆豆说："海市蜃楼？"

骆驼说："对，海市蜃楼，又称蜃景，是一种因为光的折射和全反射而形成的自然现象，是地球上物体反射的光经大气折射而形成的虚像。其本质是一种光学现象。能把山的那边，或者海的那边的影像传递过来。等下我们到那边去，你就知道了。"

小豆豆说："那就是说，等我们走到，刚才看上去是存在的地方会消失的，对吗？"

骆驼说："会消失的，海市蜃楼只会在达到一定的条件，比如能见度特别好，空气特别干净的天气里才会发生。"

小豆豆说："那这个地方也是我们的目的地吗？"

骆驼说："是的。"

小豆豆说："那我们可以停留一下吗？我想看一看我们要到达的地方到底是一个什么样的地方。"

骆驼说："当然可以。"

于是骆驼先生和小豆豆在高高的沙丘之上观看着远方的海市蜃楼，过了许久，小豆豆也没有说话，就这样静静地看着远方。

## 十四

骆驼先生也不急，静静地陪伴在小豆豆的身旁。而海市蜃楼以一种无比清晰的画面，把沙漠那边、山那边的画面像电影一样呈现在了它和小豆豆的面前。

"我知道我要到哪里去了。"小豆豆突然说道。

骆驼先生没有说话，像是在等待着什么。

小豆豆接着说道："山美、水美的地方就是有树，有水，还有草。小蜥蜴曾经跟我说过，以前它所生活的地方有山有水，也有草，也是一个山美、水美的地方，后来因为滥砍滥伐，因为有风、有沙才变成了现在的这个样子。我需要回到小蜥蜴那里，把那里变成一个像海市蜃楼那样水美、草美的地方。不是因为朋友们帮助过我，仅仅因为我是种子。"接着又对骆驼先生诚恳地说道，"你能帮我吗？我要回到小蜥蜴住的地方！沙漠之舟，骆驼先生！拜托了！因为只有你能帮助我穿越这片沙漠了。"

骆驼先生听了异常高兴地说道："求之不得呢！很乐意为你效劳！"

"可是你送的行李怎么办？"

"我把行李卸下来，先让我把你送回去再说。"

"不会弄丢吗？"

"不会！要知道我可是沙漠之舟啊！"

骆驼先生随即卸下了行李，把小豆豆稳稳地放在了自己的背上，它回头看了一眼海市蜃楼，对着小豆豆说道："那我们不去那个水美、草美的地方了吗？哪怕是去看看吗？去看一看那个真实存在的水美、草美的地方。"

小豆豆说："不用了，我们走吧！"

往回走过一小段路程，海市蜃楼就消失了。而沙漠的上空，尽是太阳把沙子晒得滚烫后折射出来的那种热的波浪。天空中连一丝云彩都没有，而地上是一望无际的黄沙。

到了傍晚时分，天空变了颜色，乌云滚滚，但是仿佛上天忘记了这块土地，没有下雨，也没有龙卷风。骆驼先生和小豆豆则是乘着这凉快的天气加快了步伐，由于没有行李，骆驼先生走得很是轻快，到了傍晚，骆驼先生在沙漠的边缘碰到了小蜥蜴。

小蜥蜴见到骆驼先生很高兴，当它听说小豆豆要回来定居的事后更高兴了，它简直是手舞足蹈，它对骆驼先生说道："还请骆驼先生把小豆豆送到我家的门口，我要去通知我的朋友们！"

骆驼说："当然没有问题！"

小豆豆反而不好意思了，说："用不着兴师动众！"

　　小蜥蜴的头摇得像拨浪鼓一样，说："太有必要了！这是几十年内第一个主动愿意到沙漠边缘扎根的种子呢！简直太值得庆贺了，不光如此，我今天还要举办一场篝火晚会，把所有的朋友，包括朋友的朋友都邀请过来！"

　　刚说完，小蜥蜴头也不回地去邀请朋友们了。

　　到了晚上，果真如同小蜥蜴所说，小蜥蜴的门口燃起了巨大的篝火，巨大的篝火发出的明亮光线甚至穿透了层层的黑暗，照射到了很远很远的地方，许许多多的动物和昆虫都陆陆续续地赶来，比如松鼠、兔子、山羊、斑鸠、蟋蟀、蜻蜓、喜鹊、金丝猴、寒号鸟，等等。它们都围绕着篝火载歌载舞，热情洋溢。所有的动物都过来向小豆豆问好，或者把手里烤好的肉串递给它，甚至连天上的星星和月亮都把目光投向了这里，好奇地注视着这里发生的一切……

　　到了很晚的时候，小豆豆困意袭来，决定睡觉了。

　　小豆豆到了小蜥蜴的家里，选择了一个通风凉爽的地方对小蜥蜴说道："以后我就住在这里了。"

　　小豆豆虽然说话的声音不大，可是小蜥蜴洞口的动物们听见了，一个个都特别激动，载歌载舞。

　　它们口口相传："有一个小豆豆，要帮助我们重建当年失去的故乡。"

## 十五

作为篝火晚会的组织者，小蜥蜴收到了许多特别的礼物，但最多的还是水。

水是沙漠里面最珍贵的东西，但是现在大家都毫无保留地拿了出来，送给了小蜥蜴。小蜥蜴当天晚上就开始浇灌小豆豆，小豆豆伸了一个懒腰，把这里当成了自己的家……

第二天早上，动物们还没有散去，它们还是继续守着这里，它们要看到小豆豆发芽、成长。

早上的天气特别差，小豆豆开始发芽了，沙漠里还是太干燥了，土地也不肥沃，经过了一晚上的努力，小豆豆虽然破土而出，但是它已经没有力气挣脱种子的硬壳，它的头被卡在了硬壳之间，非常危险。因为长时间下去，小豆豆会因此而窒息的，甚至会因此而死亡。

很长的一段时间里，小豆豆都在沙漠的地表上一动也不动，所有的动物大气都不敢出一口，担心极了，可是这必须得靠小豆豆自己努力，谁也帮不了它。

看着小豆豆长时间一动不动，许多胆小的动物都担心地哭了起来。

天气又变了，突然刮起了大风。遥远的天空中传来了一个声音："嗯？听说这里有一个篝火晚会，为什么不叫我来参加呢？"

　　原来是龙卷风先生，听说这里有篝火晚会，还没有弄清楚到底是一个什么样的聚会就急匆匆地赶了过来。

　　风越来越大，把东西吹得乱七八糟，这样的大风对小豆豆来说是极为危险的，因为它还只是一株幼苗。小蜥蜴愤怒地对龙卷风大声地说道："这里不欢迎你！"可是一点用都没有，龙卷风依然我行我素。

　　就在大家都手忙脚乱的时候，小豆豆被风儿一吹，打了一个激灵，借助风的力量，终于摆脱了种子的硬壳，露出来两片绿油油的叶子。小豆豆实在是太虚弱了，可它还是把腰一挺，左手叉在腰上，丝毫不惧怕横行肆虐的龙卷风，右手对着龙卷风一指，发出命令道："我不允许你这样！"

　　龙卷风听了，顿时僵硬了，当时就傻眼了，它没有想到的是这里有它最为恐惧的天敌，它立马什么都顾不上了，它来得有多快，走得就有多快！完全是丢盔弃甲！把它自己的玩具和一些武器丢得满地都是！

　　小动物们发出了雷鸣一般的欢呼声，因为不可一世的龙卷风终于被赶走了，更重要的是它们看到了重建家园的希望。

　　小豆豆也很高兴，因为它从自己身上看到了种子的价值……

　　以后相当长的一段时间里，小蜥蜴家里的访客络绎不绝，他们都是慕名而来，前来看望即将成为大树的小豆豆。

　　它的故事传遍了整片森林，越来越多的种子效仿它，到了沙漠的边缘安营扎寨，生根发芽，还有许多陌生的朋友带

来了沙漠里最珍贵、最需要的水，不过小豆豆都拒绝了，它不想产生依赖感，它的树根需要长得越来越深，长到沙漠的最深处，那里有取之不尽、用之不竭的水源！它把最珍贵的水都送给了新来的那些种子。

多年以后，小蜥蜴的家已经成了一片绿洲，而人们也认识到了以往滥砍滥伐的错误，开始弥补人们对大自然造成的伤害，一拨又一拨的人们开始向沙漠深处进军，开始植树造林，挑战沙漠。小蜥蜴的家里，小豆豆已经成长为一棵参天大树。小豆豆的身旁，一条缓缓流淌的小河也正在慢慢地形成，而这里也成了人们进军沙漠的大本营。

而多年前参加那次篝火晚会的动物们也都成了小豆豆的朋友，纷纷在小豆豆的周围安了新家，逢年过节都会前来看望小豆豆——如今的大树。

它们无一例外，回去都会讲一个故事：

"从前有一颗被叫作小豆的种子，差不多以一己之力，将一个不毛之地变成了一个水美、草美的地方。"